Ullstein

DAS BUCH

»Camus was here« schrieb der *New Statesman* 1961 beim Erscheinen des ersten Romans von Alexander Trocchi in England. Seinem Buch sollte der Ruch des »Fremden« noch bis zu seinem Tod anhaften. Dabei hatte der literarische Außenseiter die erste Fassung des Romans von 1947 längst umgeschrieben, in der sein Protagonist fälschlicherweise wegen Mordes vor Gericht steht. Geblieben ist allerdings der Camussche Ton des Buches: Vollkommen unbeteiligt, in kargen Worten erzählt der Fährmann Joe vom Fund einer weiblichen Wasserleiche und seiner beginnenden Affäre mit der Frau seines Chefs. Viel später erst erfährt der Leser, wer die Tote gewesen ist . . .
Einmal in den Sog dieses großartigen Buches geraten, bleibt nur noch die Erkenntnis: ein verkanntes Stück Weltliteratur!

DER AUTOR

Der Schotte Alexander Trocchi wird allmählich sogar in seiner Heimat als einer der großen Autoren der europäischen Nachkriegsliteratur anerkannt. Zuvor hatte sich der studierte Philosoph, Ex-Junkie und Pornoschreiber lediglich im kulturellen Underground einiger Metropolen einen Namen machen können. Das vorliegende Buch erscheint zum erstenmal in deutscher Übersetzung.

ALEXANDER TROCCHI

Wasserläufe

Roman

Aus dem Englischen übersetzt von
Ulrike Beck und Marie Rahn

ULLSTEIN

Ullstein Buchverlage GmbH,
Berlin
Taschenbuchnummer: 24226
Titel der Originalausgabe:
Young Adam

Deutsche Erstausgabe
Januar 1998

Umschlagentwurf:
Tandem Design, Hamburg
Foto: Jo Winter
»Nacht für Nacht öffnete sich die schwarze Wolke«
(Ausschnitt), 1994.

Printed in Germany 1997
Gesamtherstellung:
Ebner Ulm
ISBN 3 548 24226 X

Gedruckt auf alterungsbeständigem
Papier mit chlorfrei gebleichtem
Zellstoff

Die Deutsche Bibliothek – CIP-Einheitsaufnahme

Trocchi, Alexander:
Wasserläufe: Roman/Alexander Trocchi.
Aus dem Engl. übers. von Ulrike Beck und
Marie Rahn. – Dt. Erstausg. –
Berlin: Ullstein, 1997
(Ullstein-Buch; Nr. 24226)
Einheitssacht.: Young Adam <dt.>
ISBN 3-548-24226-X

Erster Teil

1. Kapitel

Es gibt Zeiten, da sieht dich das, was gesagt werden muß, aus der Vergangenheit an – es sieht dich an wie jemand, der aus dem Fenster schaut, während du draußen auf der Straße vorübergehst. Vergangene Stunden, vergangene Handlungen sind plötzlich seltsam isoliert. Zwischen ihnen und dir, der auf sie zurückblickt, gibt es keinen Zusammenhang.

Heute morgen nach dem Aufstehen sah ich als erstes in meinen Spiegel. Er ist aus verchromtem Stahl, und ich trage ihn immer bei mir. Er ist bruchsicher. Mein Bart war über Nacht merklich gewachsen, Wangen und Kinn waren nun mit kurzen Stoppeln bedeckt, meine Augen weniger blutunterlaufen als in den vergangenen zwei Wochen. Ich mußte gut geschlafen haben. Ich betrachtete eine Zeitlang mein Spiegelbild und konnte nichts Außergewöhnliches daran entdecken. Es war die gleiche Nase, der gleiche Mund, und die kleine Narbe auf der Stirn, die hinuntergeht bis zu meiner linken Augenbraue, war heute nicht deutlicher zu erkennen als am Vortag. Nichts, was nicht an seinem Platz wäre, und doch war nichts an seinem Platz, denn zwischen dem Spiegel und mir existierte die gleiche Distanz, die gleiche Zusammenhanglosigkeit, die ich schon immer zwischen meinen Handlungen von gestern und dem gegenwärtigen Bewußtsein darüber empfunden habe.

Aber das ist kein Problem.

Ich frage mich nicht, ob ich das »Ich« bin, das sich betrachtete, oder das Spiegelbild, das gesehen wurde; der Mann, der handelte, oder der Mann, der über die Handlung nachdachte. Denn ich weiß inzwischen, es ist die Struktur der Sprache selbst, die trügerisch ist. Das Problem entsteht in dem Moment, da ich das Wort »ich« verwende. Es gibt keinen Widerspruch in den Dingen, nur in den Worten, die wir erfinden, um auf die Dinge zu verweisen. Es ist das Wort »ich«, das zufällig ist, und das in sich schon seine eigene Unzulänglichkeit und seinen eigenen Widerspruch enthält.

Kein Problem. Irgendwo vom dunklen Rand des Universums das Lachen einer Hyäne. Dann wandte ich mich von dem Gesicht im Spiegel ab. Seit diesem Zeitpunkt habe ich neun Zigaretten geraucht.

Sie kam flußabwärts getrieben, geschmeidig wie ein Büschel Gräser. Sie war auf eine bleiche Art schön – nicht das Gesicht, obwohl es nicht häßlich war, sondern die Art, wie sich ihr Körper dem Wasser dargebracht hatte, eine hingebungsvolle Geste, die langen, gespreizten weißen Beine, die hinterhertrieben und an den Füßen leicht nach unten gezogen wurden.

Als ich mich mit einem Bootshaken über den Rand des Kahns beugte, sah ich sie nicht als tote Frau, nicht einmal, als ich in ihr Gesicht blickte. Sie war wie ein wunderschöner weißer Wasserpilz, ein seltsames, leuchtendes Ding, das aus der Tiefe gekommen war, und ihre Glieder und ihr Fleisch besaßen die pralle Festigkeit und Reife eines riesigen Champignons. Aber es war vor allem das Haar: Es trieb wie langes Gras in Strähnen um den Kopf. Nur das Haar lebte, und weil ihr Körper langsam, schwer und träge war, wurde es zu einem Gewirr von Fühlern, liebkosend, vom Wasser lebend, ineinander verschlungen.

Erst als Leslie mich beschimpfte, weil ich ihm mit dem

Bootshaken nicht zur Hand ging, zog ich sie näher heran. Wir griffen mit den Händen ins Wasser. Als ich das kalte Fleisch unter meinen Fingerspitzen spürte, wurden meine Bewegungen schneller. Sie sackte weg, schlug sacht und obszön gegen den Schiffsrumpf. Erst durch die Berührung stellte ich fest, wie aufgedunsen sie war.

Leslie rief: »Pack zu, verdammt noch mal!«

Ich beugte mich nach unten, bis mein Gesicht fast das Wasser berührte, und ergriff mit der rechten Hand ein Fußgelenk. Da drehte sie sich lautlos im Wasser nach oben, wie der fette Bauch eines Fischs. Gemeinsam hievten wir sie an die Oberfläche, zogen sie wie einen triefenden Wasservorhang hinter uns her über das Schandeck. Ihr schwerer Körper sank mit einem dumpfen, platschenden Geräusch auf die Holzplanken. Sofort bildeten sich kleine Pfützen an den Knien und unter dem Kinn.

Wir sahen erst sie an, dann uns, aber keiner von uns sagte ein Wort. Es war obszön, so wie der Tod normalerweise ist, furchteinflößend und obszön zugleich.

»Sechzig Kilo für elf Pence das Pfund.« Ein unpassender Gedanke ... Ich weiß nicht, warum er mir gerade jetzt in den Sinn kam, und ich sprach ihn aus verschiedenen Gründen nicht aus, unter anderem weil ich wußte, daß Leslie schockiert sein würde. Später werden Sie verstehen, was ich meine.

Der Krankenwagen würde erst nach dem Frühstück kommen. Ich nehme an, sie beeilten sich nicht, weil ich ihnen bereits am Telefon gesagt hatte, daß sie tot war. Wir warfen ein paar Kartoffelsäcke über sie, damit der Junge keinen Schrecken bekäme. Ich ging hinüber zum Telefonieren und dann zurück auf den Kahn zu Leslie, seiner Frau und dem Jungen, die bereits beim Frühstück saßen.

»Heute kein Ei?« fragte ich.

Ella verneinte. Sie habe gestern beim Einkaufen vergessen, Eier zu holen. Aber ich wußte, daß das nicht stimmte, denn ich hatte gesehen, wie sie sie aus dem Korb genommen hatte, als sie zurückgekommen war. Es machte mich wütend, daß sie sich noch nicht einmal daran erinnerte, daß ich auch in der Kajüte war, als sie die Eier untersucht hatte, weil sie dachte, sie hätte eins kaputtgemacht. Es war eine Art Beleidigung.

»Salz?« fragte ich und legte in das kurze Wort das ganze Gewicht meiner zynischen Ungläubigkeit.

»Direkt vor deiner Nase«, sagte sie.

Es war feucht. Ich mußte es mit dem Messer aus dem Schälchen kratzen. Ella überhörte das schabende Geräusch, und Leslie las, wie so oft, mit nervös zuckendem Gesicht seine Zeitung weiter.

Erst als ich anfing, meinen Speck zu essen, kam mir der Gedanke, daß sie ihr Ei bereits gegessen hatten. Ich konnte die Spuren an den Zinken ihrer Gabeln sehen. Und während ich den ganzen Weg über die Docks zum Telefon und wieder zurück gegangen war ... Leslie erhob sich geräuschvoll, ohne seine zweite Tasse Tee. Es war ihm peinlich. Ella hatte mir den Rücken zugewandt, und ich verfluchte sie innerlich.

Einen Moment später ging auch sie hoch an Deck und nahm den Jungen mit, und ich beendete mein Frühstück allein.

Wir waren alle an Deck, als der Krankenwagen kam. Es war eines dieser neuen stromlinienförmigen Fahrzeuge, und die Männer darin sahen ziemlich schick aus. Zur gleichen Zeit trafen zwei Polizeibeamte ein, einer von ihnen ein Sergeant, und Leslie ging an Land, um mit ihnen zu reden. Jim, der Junge, saß auf einem umgestülpten Eimer am Bug, um einen besseren Überblick zu haben. Er aß einen Apfel. Ich war immer noch sauer, ließ mich auf einer Luke nieder und wartete. Ich sah über das Wasser auf den schwarzen, bulligen Umriß eines Schleppkahns, der sich den Fluß hinaufkämpfte. Dahinter, am gegenüberliegenden Ufer, lag ein Schiff, umgeben von Kränen und Stahlträgern. »Auf so einem Schiff wegsegeln«, dachte ich, »weit weg, Montevideo, Macao, irgendwohin. Was zum Teufel mache ich hier eigentlich? So hoch oben im Norden?« Es war noch früh, und das Licht war trüb, aber schon sammelten sich auf der Höhe der Dächer feine Rauchschwaden.

Dann kamen die Männer aus dem Krankenwagen über den Kai und auf den Kahn, und ich zeigte ihnen die Stelle, wo der Körper unter den Säcken lag. Ich ließ sie damit allein. Ich dachte wieder an die tote Frau, an das Ei und das Salz und war gelangweilt von der Tatsache, daß dies der Beginn und nicht das Ende eines neuen Tages war, daß ein Tag dem anderen glich wie Perlen auf einer Schnur, und immer nur die Arbeit auf dem Kahn und Leslie zum Reden. Denn ich sprach kaum mit Ella, die mich nicht zu mögen schien und den Eindruck machte, sie würde mich nur ihm zuliebe hinnehmen: ein notwendiges Übel, einen Lohnarbeiter.

Und dann bemerkte ich, wie Ella am Heck Wäsche aufhängte.

Ich hatte sie schon oft dabei gesehen, es aber noch nie weiter beachtet. Ich hatte sie immer nur als Leslies Frau wahrgenommen – die ihn manchmal wegen einer Sache anbrüllte oder ihn mit ihrer tiefen, sarkastischen Stimme Mister Großkotz nannte – und nicht als eine Frau, die ein anderer Mann attraktiv finden könnte. Das war mir nie in den Sinn gekommen. Nun aber stand sie da, sehr darauf bedacht, sich nicht umzudrehen, nicht den Eindruck zu erwecken, daß sie sich für das, was vor sich ging, interessierte, für die Männer aus dem Krankenwagen und alles andere, und plötzlich merkte ich, daß ich sie auf eine neue Weise ansah.

Sie war eine dieser stämmigen Frauen, nicht älter als fünfunddreißig, mit einem ausladenden Gesäß und kräftigen Schenkeln. Sie trug ein enges grünes Baumwollkleid, das über ihre Kniekehlen hochrutschte, wenn sie sich nach oben streckte, um die Wäsche auf die Leine zu hängen, und ich konnte das rosa Fleisch an ihren Knöcheln sehen, die sich über den Rand ihrer Schuhe wölbte. Sie war stämmig, das schon, aber sie hatte eine schmale Taille, und ihre Beine waren auch nicht schlecht. Und plötzlich fand ich Gefallen an ihrem kräftigen Körper. Ich beobachtete sie, sah sie in meiner Vorstellung nachts durch einen Park gehen, mit klappernden Absätzen, ein bißchen zu schnell, ihre kräftigen, weißen Waden bewegten sich wie Glühwürmchen in der Dunkelheit direkt vor mir. Und ich konnte das sanfte Geräusch ihrer Schenkel hören, die sich aneinander rieben.

Wenn sie sich nach oben reckte, straffte sich ihr Hintern, und das Baumwollkleid spannte darüber, dann stellte sie sich wieder auf die Fersen, beugte sich nach unten und schüttelte das nächste Kleidungsstück aus.

Einen Moment später drehte sie sich um. Ihre Neugier war zu groß geworden, und sie fing meinen Blick auf. Unsicher sah sie mich an. Sie errötete leicht, vielleicht weil sie an das Ei denken mußte, und dann wandte sie sich sehr schnell wieder ihrer Wäsche zu.

Der Sergeant machte sich ein paar Notizen in ein kleines, schwarzes Buch, kaute hin und wieder an seinem Bleistift, und der andere Polizist starrte mit offenem Mund auf die Krankenträger, die es nicht eilig zu haben schienen. Sie hatten die Bahre auf dem Kai abgestellt und sahen fragend in Richtung Sergeant. Er ging hinüber und warf einen Blick unter das Laken, das sie über sie gebreitet hatten, als sie sie auf die Bahre legten. Einer von ihnen spuckte aus. Ich sah wieder weg.

Aus den Augenwinkeln bemerkte ich, daß sich Ellas Beine bewegten.

Vier Kinder von irgendwoher – die Sorte Kinder, die sich auf verlassenen Baustellen, bei Trauerzügen oder Verkehrsunfällen herumtrieben – standen gut fünf Meter von uns entfernt und gafften. Sie waren fast von Anfang an dagewesen. Jetzt ging der andere Polizist zu ihnen hinüber und sagte, sie sollten verschwinden.

Widerstrebend machten sie ein paar Schritte und blieben dann wieder stehen. Sie grinsten sich an und flüsterten miteinander. Dann riefen sie dem gestikulierenden Polizisten etwas zu und rannten davon. Aber nicht weit, nur hinter einen Schuppen am Kai; ich sah, wie sie von dort ihre Köpfe vorstreckten, wie einer auf den anderen kletterte, um eine bessere Sicht zu haben. Ich entsinne mich, daß eines dieser Kinder feuerrote Haare hatte.

Die Krankenträger hatten die Bahre wieder angehoben, aber einer von ihnen stolperte. Ein sehr nacktes, weißes Bein rutschte unter dem Laken hervor und schleifte über den Boden wie eine Pastinake. Ich sah zu Ella hinüber. Sie beobachtete den Zwischenfall. Sie war entsetzt, aber gleichzeitig schien es sie zu faszinieren. Sie konnte ihren Blick nicht abwenden.

»Brrr!« sagte der hintere Mann.

Sie stellten die Krankenbahre wieder ab, und der vordere drehte sich um und kümmerte sich darum, daß das Bein nicht mehr zu sehen war. Er faßte es an, als wäre es ihm peinlich.

Und dann hievten sie die Bahre hinten in den Krankenwagen und warfen die Türen zu. In diesem Moment hatte Jim seinen Apfel aufgegessen und warf das Gehäuse auf die Katze, die am Rand des Kais kauerte. Sie sprang auf, rannte ein Stück und ging dann mit hochgerecktem Schwanz weiter. Jim holte seine Blechflöte heraus und begann zu spielen.

Der Sergeant schloß sein Notizbuch, wickelte einen Gummi darum, ging hinüber zum Fahrer des Krankenwagens und wechselte ein paar Worte mit ihm. Leslie steckte sich seine Pfeife an.

Leslie mußte in jungen Jahren sehr kräftig gewesen sein. Er war es jetzt immer noch, aber seine Muskeln wurden langsam zu Fett, und um sein Kinn herum war das Gesicht sehr breit, so daß der Kopf wie ein dreieckiger rosafarbener Wackelpudding aussah, dessen oberer Teil beträchtlich abgesackt war. Da er sich nicht sehr oft rasierte, war das rauhe Rosa seiner Wangen zum größten Teil mit farblosen Stoppeln bedeckt. Leslie hatte kleine hellblaue Augen, im Gesicht eingesunken wie Knöpfe in heißem Wachs, und sie konnten freundlich oder böse blicken. Wenn er betrunken war, waren sie rosa und bedrohlich. So wie er dastand und sich vorne mit der Hand über den vom Rasieren zerkratzten Adamsapfel bis zur quadratischen Messingschnalle seines Gürtels fuhr, konnte man sehen, daß er kein junger Mann mehr war; Mitte Fünfzig, würde ich sagen.

Der Krankenwagen fuhr fort, und der Sergeant kam noch einmal herüber, um mit Leslie zu sprechen. Ich erinnere mich, daß ich es damals seltsam fand, daß er sich mit allen Fragen immer nur an Leslie wandte. Ich beobachtete die Katze, wie sie in der Nähe der Kaimauer an etwas schnupperte, das aussah wie die Rückengräte eines Herings. Sie versuchte, es mit der Pfote umzudrehen. Dann hörte ich, wie Ella Jim anbrüllte. Offenbar hatte sie ihn bis jetzt nicht bemerkt.

»Ich dachte, ich hätte dir gesagt, du sollst unten bleiben! Ich schick dir gleich deinen Vater hinterher!«

Und dann sagte sie zu mir, ich solle mich schämen, daß ich den Jungen nicht beiseite genommen hätte. Glaubte ich vielleicht, es wäre gut für den Jungen, wenn er eine Leiche sähe? Sie sagte, sie habe gedacht, ich hätte die Säcke über den Körper gelegt, damit er keinen Schrecken bekäme. Ich wollte schon antworten, daß er auf mich keinen sehr erschreckten Eindruck gemacht habe – wie er dasaß und auf seiner Blechflöte »Thou art lost and gone forever, oh my darling, Clementine« spielte –, aber ich spürte, daß sie nicht wirklich böse auf mich war. Ich wußte, daß sie sich an mir rächen wollte, weil ich sie so lange beobachtet hatte, als sie mit dem Rücken zu mir stand. Das amüsierte mich, und so sagte ich gar nichts. Sie drehte sich um, hob die Schüssel hoch, in der die nassen Kleider gelegen hatten, und dann hörte ich sie den Niedergang zur Kajüte hinunterstapfen. Da mußte ich plötzlich lachen. Der Junge sah mich an. Aber ich lachte einfach weiter.

Dann gab es diese Diskussion über Selbstmord oder Mord. Sie fragte Leslie danach, sobald die Polizei und der Krankenwagen weg waren und der Sergeant mit ihm fertig war. Seine Pfeife war im Mund erloschen, als er zurück an Bord kam.

»Was hat die Polizei gesagt?«

Ich beobachtete sie genau. Sie war neugierig, wollte aber gleichzeitig den Eindruck vermitteln, daß sie im Gegensatz zu uns über den Dingen stand.

Leslie antwortete, daß der Sergeant überhaupt nichts wisse. Aber es gab keine Spuren an ihrem Körper, deshalb würde er, Leslie, nicht annehmen, daß sie umgebracht worden war.

Ich wußte schon vorher, was Ella sagen würde, was sie dann auch tatsächlich sagte, nämlich, daß es typisch für uns Männer sei, nicht die Augen von einer Frau lassen zu können, vor allem wenn sie keine Kleider anhabe. Ich fand, daß diese Worte gut zu ihr paßten, wie sie da vor uns stand in ihrem zu engen grünen Baumwollkleid, das die Form und die Stärke ihrer Schenkel abzeichnete. Und als sie sprach, kam es mir so vor, als ob die Leine mit der nassen Wäsche im Hintergrund ebenfalls zu diesem Bild gehörte, zu dem Bild einer einfachen, sexuell frustrierten Frau, die das Urteil des Allmächtigen über das von ihr verachtete männliche Geschlecht erfleht.

Ich hatte damals den Eindruck, daß sie eher mit mir als

mit Leslie sprach, obwohl sie sich ihm zugewandt hatte. Sie nahm mir übel, daß ich sie beobachtet hatte. Sie sagte, daß wir miese Typen seien, alle beide. Dann ging sie fort.

Leslie zwinkerte mir zu. Ich bemerkte, daß er rote Flekken im Weiß seiner Augen hatte. Er sagte, sie sei heute morgen mit dem falschen Fuß zuerst aufgestanden. Er nickte in ihre Richtung – sie fegte jetzt am Heck –, und dann zwinkerte er mir wieder zu.

Aber ich erinnerte mich daran, wie ich an diesem Morgen von ihrem Lachen, das durch die hölzerne Trennwand drang, geweckt worden war, und vielleicht war das auch der Anfang von allem gewesen, und nicht, wie sie die Wäsche aufgehängt hatte. Und ich dachte, daß sie vielleicht böse auf mich war, weil ich das mit den Eiern wußte, weil ich sie sozusagen auf frischer Tat ertappt hatte.

Leslie sagte, er frage sich, was zum Teufel jetzt wieder los sei. Ich blickte hoch und sah, daß der Krankenwagen an der anderen Seite der Baustelle, die bis zum Kai führte, stehengeblieben war. Der Fahrer unterhielt sich durch das offene Fenster mit einem Mann in Zivil. Wir beobachteten sie wortlos, bis der Mann auf das Trittbrett sprang und der Krankenwagen wieder losfuhr.

»Da steckt mehr dahinter, als wir wissen«, sagte Leslie.

Ich zuckte mit den Schultern.

Ich sagte, daß es uns nun nichts mehr anginge.

»Wir haben die Leiche gefunden, oder?«

»Jeder hätte sie finden können.«

»Ja, aber es war nicht jeder. Wir waren es.« Es war ihm nicht recht, die Kontrolle über die Sache zu verlieren.

Ich hatte keine Lust, mit ihm herumzustreiten. Ich dachte an Ella und wünschte mir, Leslie würde verschwinden, damit ich mich an sie heranmachen konnte. Ich wollte sie.

»Und wenn schon«, sagte ich und wandte mich ab, »es ist vorbei.«

»Vielleicht«, antwortete er.

Es gab nicht viel zu tun, bis die Lkws mit der Fracht kamen. Wir wollten am Nachmittag mit einer Ladung Anthrazit nach Edinburgh und Leith fahren. Unser Kahn hatte einen Motor, deswegen konnten wir direkt vom Fluß auf den Kanal, ohne auf das Schleppen warten zu müssen. Wir fühlten uns beide ein bißchen unwohl, so faul an Deck, denn Ella arbeitete ununterbrochen. Sie war mit dem Fegen fertig und kümmerte sich jetzt um das Gemüse. Gelegentlich hörte man, wie eine geschälte, strahlendweiße Kartoffel plumpsend in die Holzwanne fiel.

Sie saß genau so weit von uns entfernt, daß man nicht wußte, ob sie hören konnte, was wir sagten. Jedesmal, wenn ich hinübersah, hatte ich das Gefühl, daß sie sich gerade abgewandt hatte, aber vielleicht war das auch nur Einbildung. Das war durchaus möglich, denn seit ich beobachtet hatte, wie sie sich zum Wäscheaufhängen nach oben reckte, ging sie mir nicht mehr aus dem Sinn, und ich hatte ein komisches Gefühl in der Magengrube, wenn ich mir vorstellte, daß sie mich genauso bewußt wahrnahm wie ich sie. Ich fühlte mich zum ersten Mal seit langem faul, weil ich den Eindruck hatte, daß sie mich beobachtete. Leslie ging es genauso, aus naheliegenden Gründen (»Willst du etwa den ganzen Tag nur blöd herumstehen?« zeterte sie oft), und deshalb bemühte er sich, irgendeine Beschäftigung zu finden, aber offenbar fiel ihm nichts ein. Ella schien es inzwischen egal zu sein, ob wir uns nützlich machten oder nicht. Sie hockte auf dem niedrigen Holzschemel, ihre großen, nackten Knie entblößt, schälte Kartoffeln und summte vor sich hin. Ich konnte es nicht hören, aber ich hatte den Eindruck, daß sie es tat, und an ihren Mundwinkeln konnte ich erkennen, daß sie lächelte.

Leslie begann, über die Leiche zu reden. Er sagte, seiner Meinung nach könne sie hineingefallen sein. Wenn jemand sie gestoßen hätte, wären noch mehr Spuren an ihrem Körper zu sehen gewesen, oder nicht? Sie hätte sich gewehrt. Ich fragte ihn, wie er sich die Tatsache erkläre, daß sie nur einen kurzen Petticoat anhatte und die Haut an ihrem Hintern aufgeschürft war. Er sagte, sie sei vielleicht betrunken gewesen.

Er klopfte seine Pfeife aus und füllte sie erneut aus einem unscheinbaren, wasserfesten Beutel. Jetzt, da er es ausgesprochen hatte, schien es noch nicht einmal ihn selbst zu überzeugen. Ich sah mich um und war sicher, daß Ella uns zuhörte. Sie lächelte die Kartoffel in ihren Händen an. Gerade fiel sie wie ein Senkblei in die Wanne. Sie nahm eine neue Kartoffel aus dem Sack neben ihr.

Leslie fragte mich, was ich glaubte. Er wollte wissen, ob ich dachte, daß sie die Nacht durchgemacht hatte. Er meinte damit, war sie eine Nutte, die mit irgendeinem Schiffsoffizier an Bord gegangen war? Er versuchte, sie sich betrunken an Bord vorzustellen, wie sie in ihrem kurzen Kleid die Beine für einen Mann breit machte, der sich ihrer später entledigte.

Ich sagte: »Vielleicht war sie schwanger.«

Aber er meinte: »Nee, das hätten wir bemerkt.«

Seine blauen Augen blickten besorgt, die Augenbrauen waren konzentriert zusammengezogen, und sein rosafarbener Zuckerhutkopf neigte sich nach hinten, als habe er Schmerzen. Ich dachte an das träge weiße Ding, das unter die Wasseroberfläche gesackt war, und an den vollgesogenen Petticoat, der sich wie Blütenblätter vom cremefarbenen Gewicht ihrer Schenkel abgelöst hatte. Die Einzelheiten der polizeilichen Untersuchung, die unbedeutenden Nachbilder dieses Morgens, die Katze, der Polizist mit dem offenen Mund, das Bein, das aussah wie eine Pastinake, weil einer der Krankenträger gestolpert war, der in Zivil gekleidete Mann, der auf das Trittbrett sprang, das alles und sogar die plötzliche Kälte an meinen Fingerspitzen, als ich nach dem Fußgelenk griff, hatten überhaupt nichts damit zu tun.

Es war seltsam, aber im Gegensatz dazu war Ella sehr eng damit verknüpft, obwohl sie, um genau zu sein, erst später hinzugekommen war, so eng, daß ich nicht an die Leiche denken konnte, ohne an Ella denken zu müssen. Ich erinnere mich, daß ich in diesem Moment daran dachte, wie voll Ellas Lippen waren und wie sich manchmal, wenn sie in der Kajüte kochte, kleine stecknadelkopfgroße Schweißperlen auf ihrer Oberlippe bildeten, die glitzerten, wenn das Licht darauf fiel. Und noch ein anderes Bild kam mir wieder in den Sinn. Es war der Tag, an dem Jim eine Tasse Tee auf das Kleid seiner Mutter verschüttet hatte. Sie sprang mit wütendem Kreischen auf, und dann sah ich knapp einen Meter von meinen Augen entfernt die pralle Wölbung ihres Bauches, die Farbe ihres Fleisches durch die transparent gewordene Baumwolle, die jetzt an ihrem Körper klebte und die sie schnell wie ein Handtuch vor sich zog, bevor sie in meine Kabine stürzte und von dort aus aufgebracht nach ihrem blauen Sergerock verlangte. Es war mir damals wie ein Spaß vorgekommen, vielleicht weil Leslie die Bemerkung fallenließ, daß sie heißer an dieser Stelle nicht werden konnte.

Als Leslie wieder anfing zu reden, dachte ich einen Moment lang, er würde über Ella sprechen, denn er sagte: »Sie war ein bißchen kräftig.«

»Wer?«

»Die Leiche!« Er zwinkerte mir wieder zu.

»Das war das Wasser«, sagte ich.

»Meinst du wirklich?«

Ich steckte mir eine Zigarette an. Leslie und Ella, das war schon ein komisches Paar. Er mußte um die zwanzig Jahre älter sein. Und da es zwischen ihnen und mir nur eine hölzerne Trennwand gab, wußte ich eine ganze Menge über sie. Ich wußte zum Beispiel, daß Leslie impotent war. Und eines Nachts, als er betrunken war, bekam ich mit, wie sie sich prügelten. Sie fluchten leise auf der anderen Seite der

Trennwand, und dann hörte ich, wie sie auf den Tisch krachten. Man konnte einen Körper gegen Holz prallen hören, die erschreckte Stimme des Kindes und dann einen dumpfen Schlag, auf den ein wilder Schrei von Ella folgte. Er verprügelte sie mit seinem Ledergürtel, sie lag mit dem Gesicht nach unten ausgestreckt auf dem Tisch. Zumindest habe ich es so gesehen, ohne es wirklich sehen zu können. Nach einer Weile ließ er von ihr ab. Ich hörte, daß er ein paar schroffe Worte an den Jungen richtete. Ella gab keinen Laut mehr von sich.

»Was glaubst du denn, Joe?« fragte er.

Ich lachte. Ich begann, eine Geschichte zu erzählen, über eine Brücke in der Nacht, und während ich sprach, wurde mir bewußt, daß ich meine Stimme erhoben hatte. Ich wollte, daß Ella mich hörte. Ich sagte, daß die Frau angezogen zur Brücke gegangen sei, sich dann ganz langsam ausgezogen hätte und sich wie eine Rose hätte ins Wasser fallen lassen.

Leslie sah mich verwirrt an. Er wußte nicht, ob ich ihn auf den Arm nehmen wollte. Er fragte vorsichtig nach, was für eine Art Frau das gewesen sein sollte.

»Eine ganz normale Frau«, erwiderte ich.

»Irgendeine Frau!« sagte Leslie und sah unbewußt zu seiner Frau hinüber.

Ich sagte, er könne sie vielleicht eine Exhibitionistin nennen. Er fragte, was ich damit meinte. Er war mißtrauisch. Er wollte nicht begriffsstutzig erscheinen, und ich merkte, wie er sich auf das Lachen über einen Witz vorbereitete, der inzwischen schon lange vorbei war. Er hatte die Pfeife aus dem Mund genommen.

Ich sah zu Ella hinüber. Sie blickte nach unten auf die Holzwanne, aber ich konnte sehen, daß sie aufgehört hatte, die Kartoffel zu schälen.

Ich sagte, daß sie nicht der Typ Frau gewesen sei, der in voller Montur Selbstmord begehen würde.

Als ich wieder hinüber zu Ella sah, ließ sie die Kartoffel gerade in die Wanne fallen. Es spritzte ein wenig. Sie nahm eine neue und begann, sie zu schälen.

2. Kapitel

Kurze Zeit später kamen die Lkws mit dem Anthrazit. Es waren vier, sie fuhren nacheinander rückwärts an den Rand des Kais, und die Ladung wurde auf eine Metallrutsche geschaufelt, die direkt hinunter in den Frachtraum führte. Ein offener Prahm wäre für diese Fracht sicher praktischer gewesen, aber Leslie mußte alles nehmen, was er bekommen konnte. Es war eine schmutzige Arbeit für Leslie und mich. Nachdem alle Ladungen Anthrazit in den Frachtraum geleert worden waren, mußten er und ich die Kohle mit Schaufeln gleichmäßig verteilen, damit der Kahn keine Schlagseite bekam. Es wäre nicht so schlimm gewesen, am anderen Ende der Rutsche zu arbeiten, aber hier unten im Laderaum sammelte sich der ganze Dreck und Staub und drang uns in Augen, Nase und Ohrmuscheln. Ich habe es schon immer gehaßt, Kohle zu transportieren. Von dem Staub in der Nase bekam ich Kopfschmerzen, und wir konnten danach noch nicht einmal einfach ein Bad nehmen. Wir mußten uns in einer Holzschüssel auf Deck waschen, und das Wasser war kalt, nur ein einziger Kessel heißes Wasser wurde dazugegossen, um die Temperatur erträglich zu machen.

Das Beladen dauerte eineinhalb Stunden. Es war heiß und stickig, und ich spürte, wie der Kohlenstaub unter dem Hemd auf meiner Haut stach, und wenn Leslie in dem einen oder anderen Zusammenhang Ellas Namen erwähnte, überkam mich eine leichte körperliche Erregung bei der Vorstellung, sie wäre bei mir, sauber, warm und fest. Ich dachte darüber nach, wie sie reagieren würde, ob ihr nackter Körper beben, sich mir entziehen oder sich wild gegen meinen drängen würde. Ich versuchte, sie mir ohne Kleider vorzustellen, aber durch die ständige Bewegung des Anthrazits und den aufsteigenden Staub kam ich nicht über ein weißes, verschwommenes Bild hinaus.

Als wir wieder nach oben ins fahle Sonnenlicht kletterten, unterschrieb Leslie den Beleg, der bestätigte, daß wir die Ladung erhalten hatten, und die Männer fuhren mit dem letzten Lkw davon. Wir schlossen die Luke über der Kohle, und dann mußten wir nur noch den Staub von Deck fegen und uns waschen.

Wir befanden uns an einem ziemlich öffentlichen Ort am Kai des Clyde in Glasgow und würden den Kanal entlangfahren, bis er in den Forth mündet, und dann mit einer anderen Ladung zurückkommen, je nachdem, was wir in Edinburgh oder Leith bekämen. Deshalb konnten wir uns nur bis zur Taille ausziehen. Das war ärgerlich, denn der Kohlenstaub klebte in meinen Stiefeln, an meinen Waden und Schenkeln. Wir konnten nur unsere Hosen hochkrempeln und uns knietief in die Eimer stellen. Ella war nach unten gegangen, um den Kessel mit dem heißen Wasser zu holen, und Leslie und ich machten es uns auf der Luke bequem, während wir auf sie warteten. Es war mir nicht mehr langweilig. Seit dem Aufwachen an diesem Morgen waren Dinge passiert, nichts Spektakuläres – ich spreche nicht von der Leiche –, aber eine Art Aufregung hatte mich ergriffen. Eine vorgeburtliche Spannung lag in der Luft. Als ich mir eine Zigarette drehte, spürte ich das taube Kribbeln in meinen Fingerspitzen, das zweifelsohne vom Schippen kam. Die Luft roch gut. Hoffentlich würde sich Ella mit dem Wasser beeilen.

Leslie rauchte wie gewöhnlich seine Pfeife. Es kam mir ganz natürlich vor, daß Leslie Pfeife rauchte. Er hatte große, grobe Arbeiterhände mit kurzen, breiten Fingern, und er trug einen Siegelring an der linken Hand. Seine Nägel waren kurz, rissig und bis zum Fleisch abgekaut. Der Kohlenstaub hatte sich auf ihnen abgesetzt und ließ sie grau und rosa aussehen. Meine Hände sahen genauso aus, nur daß ich keinen Ring trug und meine Finger ein bißchen länger und nicht ganz so rauh waren. Als ich meine Handfläche betrachtete, feucht, rosa und grau, kam mir in den Sinn, daß, wenn ich meine Hand nun auf ein Blatt Papier drückte, sich dort klar und deutlich mein Abdruck abzeichnen würde. Allein der Gedanke, meine Fingerabdrücke nehmen zu lassen, gab mir ein Schuldgefühl, und ich dachte darüber nach, wie ein Mann wohl alle Spuren von einem Ort entfernen konnte, an dem er sich aufgehalten hatte. Leslie unterbrach meinen Gedankengang und sagte, daß wir gleich nach dem Essen in Richtung Kanal aufbrechen würden.

Ich fragte ihn, wo er am Abend anlegen wollte. Der Abend war, seit ich ein Bewußtsein für Ella entwickelt hatte, voller Möglichkeiten, vor allem, wenn eine Kneipe in der Nähe war, in die Leslie mit Sicherheit gehen würde. Abgesehen von dieser Kneipe war es mir völlig egal, wo wir für die Nacht festmachten. Die kleinen Städte entlang des Kanals sahen alle gleich aus. Nach zehn Uhr abends waren nur noch wenige Lichter an, alle gingen früh schlafen.

Er sagte, er wisse es noch nicht, alles würde davon abhängen, wie weit wir vor Einbruch der Dunkelheit kämen. Er sagte, daß wir es nicht eilig hätten und daß wir am Samstag morgen in Leith eine Ladung Granitsplitter bekommen sollten. Es war erst Dienstag.

Der Wasserkessel kam.

Jim war zusammen mit seiner Mutter nach oben gekommen, aß einen weiteren Apfel und starrte uns an.

»Der Junge ißt zuviel Obst. Er wird Bauchschmerzen kriegen«, brummte Leslie.

»Laß den Jungen in Ruhe«, sagte Ella und brachte zwei Eimer zu uns rüber. »Ich bekomme gleich Bauchschmerzen von deinen ewigen Klagen!« Die Eimer waren beide halb mit kaltem Wasser gefüllt. Ella schüttete in jeden Eimer einen halben Kessel kochendes Wasser, oder ungefähr einen halben, denn ich hatte das Gefühl, daß sie mir gegenüber großzügiger war.

»Hey, gib ihm nicht das ganze heiße Wasser!« beschwerte sich Leslie.

»Ach, halt die Klappe! Du benimmst dich wie ein kleiner Junge!« antwortete Ella.

Ich mochte die Art, wie sie sich bückte, um das heiße Wasser hineinzugießen, während sie mit der anderen Hand rührte. Ich bemerkte, daß sie feuchte Flecken unter ihren Armen hatte und die grüne Baumwolle an dieser Stelle ausgefärbt war, ein zunehmend blasser werdendes Gelb, wie ein Herbstblatt.

Wir zogen uns beide bis zur Taille aus und begannen, uns Brust und Arme einzuseifen, während Ella wieder nach unten verschwand, um das Essen vorzubereiten.

Trotz seines Alters hatte Leslie einen breiten Brustkorb, aber er wölbte sich ohne klare Form bis hinunter zum Bauch. Ich dachte damals, daß er gut über einhundert Kilo auf die Waage bringen mußte.

Er schnaubte in den Eimer, wusch sich den Nacken und hinter den Ohren, die wie zwei kleine, rote Lampen von beiden Seiten des Kopfs abstanden, leuchtend und mit grauen Haarbüscheln verziert. Soweit ich sehen konnte, war er am ganzen Körper tätowiert, mit Schlangen, Monogrammen, Kränzen, Herzen und Ankern in grüner, blauer und roter Tinte. Er hatte sie sich in der Zeit stechen lassen, als er noch zur See fuhr. Jedes Tattoo, sagte er, stünde für eine Frau, und er könne sich – allein wenn er sich die Tätowierungen ansah – an die Brüste, die Schenkel, den Hintern jeder einzelnen erinnern, und an die Art, wie sie aufgeschrien hatten, die meisten von ihnen wie streunende Katzen, sagte er, großzügig auf seine armseligen Phantasien zurückgreifend. Natürlich hatte er sich nicht bei jeder Nutte tätowieren lassen, mit der er zusammen gewesen war, sondern nur wenn sie etwas Besonderes war. Die meisten seien es nicht wert gewesen.

Leslie hatte Ella in einer Kantine für Seeleute kennengelernt, wo sie hinkam, um ihren Vater zu suchen. Leslie trank mit ihm auf der Toilette, weil offiziell kein Alkohol ausgeschenkt werden durfte. Beide waren betrunken, und ihr Vater bestand darauf, daß sie Leslie mit nach Hause nahmen. Leslie hatte zehn Jahre als Heizer auf See gearbeitet. Kurz nach der Heirat starb Ellas Vater, und Leslie gab das Meer auf und übernahm den Kahn, den Ella geerbt hatte.

Als wir vorne fertig waren, wuschen wir uns gegenseitig den Rücken, trockneten uns ab und zogen saubere Hemden an. Danach krempelten wir die Hosenbeine hoch und säuberten Beine und Füße. Der Junge stand immer noch da und starrte uns an, und Leslie sagte ihm, er solle sich nach unten verdrücken und seiner Mutter sagen, wir seien gleich fertig. Ich freute mich schon darauf hinunterzugehen. Als der Junge weg war, sagte Leslie, daß wir über Nacht in Lairs festmachen würden. Er kenne da einen netten kleinen Pub, wo wir Darts spielen könnten.

Wenn es irgend etwas gab, womit Leslie sich rühmte, dann waren es seine Fähigkeiten beim Darts. Er spielte sehr gut, warf den Pfeil mit einer kleinen, leichten Handbewegung, die für eine Person seiner Größe und seines Gewichts erstaunlich war. Ich kann ihn förmlich vor mir sehen, wie er seinen Körper auf den rechten Fußballen verlagert und mit leicht herausgestreckter Zunge einen seiner teuren Dartpfeile aus Metall auf den Spitzen seiner kurzen Stummelfinger balanciert.

Aber das interessierte mich nicht wirklich.

Ich fand Darts genauso langweilig wie die Gespräche mit Leslie. Ich interessierte mich nur für seine Frau.

Nachdem wir die Eimer über den Rand ausgeschüttet hatten, gingen wir nach unten zum Essen. Es roch gut. Sie hatte eine Suppe gekocht, und danach würden wir Hackfleisch mit Kartoffeln essen. Jim schlug mit dem Löffel auf den Tisch, und sein Vater sagte ihm, er solle ruhig sein und sich benehmen. Ich beobachtete, wie Ella die Suppe auf die Teller verteilte. Der Topf dampfte. Daneben standen zwei andere Töpfe. Ich konnte das brodelnde Geräusch der Kartoffeln und das Schmoren des Hackfleischs unterscheiden. Ich war hungrig. Sie gab zuerst dem Jungen, dann Leslie und anschließend mir. Leslie reichte das Brot herum, das sie in Stücke geschnitten hatte und das wir beide beim Essen tief in unsere Suppen tunkten. Einen Moment später kam sie zum Tisch und setzte sich zu uns. Leslie und ich saßen jeweils an einem Tischende, sie saß an der Seite zwischen uns und ihr gegenüber der Junge. Sie hatte ihren linken Arm auf dem Tisch liegen, während sie die Suppe aß.

Während der ganzen Mahlzeit konnte ich meinen Blick nicht von ihr abwenden. Sie war plötzlich über mich gekommen: eine Frau vor einer verlassenen Baustelle und einem Fabrikschornstein, die Wäsche aufhängt. Es war, als hätte mir jemand warmes Wasser über den Nacken gegossen, das nun über meinen Oberkörper, den Rücken und die Innenseite meiner Schenkel bis hinunter zu den Knöcheln hinablief. Aber das Gefühl verschwand nicht, es kühlte nicht ab wie Wasser. Es blieb auf meiner Haut, erinnerte mich an sie. Ich konnte meinen Blick nicht von ihr abwenden, und selbst wenn ich auf den Teller sah, um meine Brotstücke in die Suppe zu tunken, war ich mir immer noch ihrer bewußt.

Sie war so nah. Jede Bewegung – sogar die, die ich in den vergangenen drei Monaten, seit ich bei ihnen war, nur mit

Leslies Frau in Verbindung gebracht hatte – bekam plötzlich die gleiche Intensität. Es war egal. Es war egal, ob sie die Hand nach dem Brot ausstreckte und der gelbe Fleck unter ihrem Arm sichtbar wurde, ob sie am Herd stand und das Gehackte umrührte und die Bänder ihrer Schürze lose um die Hüften baumelten, ob sie sich ihr kurzes, glattes Haar mit den hellen Strähnchen aus dem Gesicht strich, das ich sie noch nie hatte bürsten sehen: Alles hatte auf mich dieselbe Wirkung. Und ich konnte meinen Blick nicht von ihrem Nacken abwenden, der diese gelbliche Färbung trug, die Nacken manchmal haben. Ich mußte dabei immerzu an die sich ändernde Farbe eines Grashalms denken, dessen oberer Teil grün und verhältnismäßig trocken ist, der weiter unten aber, wo der Halm in den Boden eindringt, süß und milchig aussieht. Es ist ein warmes Gelb-Weiß, wie Elfenbein, nur daß es das Sekret des Lebens hat, dessen, was sich vermehrt. Und wenn man eine Frau mit einem Grashalm vergleicht, dann ist ihr Nacken der Punkt, an dem sie in den Boden eindringt, der Punkt, den die Sonne nur hin und wieder erreicht, und unterhalb ihres Nackens stößt sie nach unten, kinetisch, zum Zentrum der Erde, wie die feuchten, weißen Keime und Wurzeln der Pflanzen. Ich hatte das schon oft gedacht. Und deshalb konnte ich meinen Blick nicht von ihrem Nacken abwenden. Und daran dachte ich auch, während ich meine Suppe aß.

Sie erhob sich, um das Gehackte zu verteilen.

Dabei fiel ihr das Baumwollkleid sanft um die Schenkel, und ich mußte mich sehr zusammennehmen, um den Impuls zu unterdrücken, sie zu berühren.

Wir sprachen nicht viel beim Essen. Ein- oder zweimal ermahnte sie den Jungen, weil er auf das Tischtuch gekleckert hatte, und sie fragte Leslie, wann er losmachen würde. Er erwiderte, er wolle fort, sobald wir mit dem Essen fertig wären, und das ärgerte mich, weil ich nach dem Essen ganz gern eine halbe Stunde zum Verdauen habe. Natürlich wollte er los: sein Kahn, sein Gewinn. Aber mein Ärger darüber war nur vordergründig, wie ein Gedanke, der abschweift und den man kaum zur Kenntnis nimmt, denn mittlerweile war ich zu sehr an Ella interessiert, um darauf zu achten, was Leslie sagte.

Als das Gehackte kam, wiederholte Leslie, was er mir draußen schon gesagt hatte, daß er heute abend in Lairs anlegen wolle. Sie sagte trocken, ihr sei es einerlei, wo er sich vollaufen lasse. Leslie antwortete in verteidigendem Tonfall, daß ich ihn zu einer Partie Darts herausgefordert hätte.

Ella zog eine Augenbraue hoch.

»Du spielst Darts?« fragte sie ungläubig.

Ich wußte wirklich nicht, was ich sagen sollte, denn es war eine von den Fragen, die in einem solchen Ton gestellt werden, daß man sich klein fühlt, kein Wort mehr herausbringt, und auf die man, wenn die Frage unerwartet kam, nur eine schwache, falsche und verteidigende Antwort geben kann.

»Manchmal, zum Zeitvertreib«, antwortete ich.

»Ich dachte, du wüßtest etwas Besseres, um dir die Zeit zu vertreiben«, sagte sie noch trockener als zuvor. Ich weiß nicht mehr, was ich geantwortet habe, aber es war etwas, das Leslie zum Lachen brachte.

Ella stand auf und ging hinüber zum Herd. Jim wollte wissen, worüber sich sein Vater so amüsierte, und erkundigte sich bei seiner Mutter. Sie erwiderte, er solle nicht so neugierig sein und seinen Mund halten. »Iß deine Kartoffeln«, sagte sie, und zu Leslie: »Krieg dich wieder ein!«

Leslie aß seinen Teller leer und schob ihn einen Moment später von sich. Unterdessen war ich in dem Gefühl, das Falsche gesagt zu haben, ebenfalls mit dem Essen fertig geworden. Ich überdachte noch einmal die Situation von eben, in der ich – selbst unter Berücksichtigung meiner Voreingenommenheit – die Gelegenheit verpaßt hatte, ihr zu vermitteln, daß ich wußte, warum sie es als natürlich akzeptierte, daß Leslie Darts mochte. Und daß ich wußte, was sich hinter ihrem Sarkasmus verbarg, wenn sie mich fragte, ob ich ebenfalls gern Darts spielte. Vielleicht verteidigte sie sich sogar in diesem Moment, gegen eine Angst in sich selbst, indem sie mich geschickt in die Lage brachte, eine unangenehme Frage beantworten zu müssen. Und obwohl ich ihren anhaltenden Sarkasmus während der Mahlzeiten, wenn wir alle zusammensaßen, durchaus gewohnt war, machte er es jetzt nur noch schlimmer, weil ich seit ein paar Stunden gerne die Seiten wechseln wollte: Ich wollte mit ihr über Leslie lachen und nicht mit Leslie über sie. Als sie uns dann fragte, ob wir gerne noch eine Tasse Tee trinken würden, und ich sah, wie Leslie gerade ansetzte, nein zu sagen, da wir keine Zeit mehr hätten und losfahren müßten, beeilte ich mich zu sagen, daß ich gerne noch einen Tee hätte. »Was ist mit dir, Leslie?« – Und da ich ja gesagt hatte, zuckte er nur mit den Schultern und sagte auch ja.

Ich konnte sehen, daß sie sich fragte, warum ich Leslie zuvorgekommen war, vielleicht amüsierte sie das. Sie hatte wieder diesen seltsamen Gesichtsausdruck, ihre breiten, fast mongolischen Wangenknochen röteten sich, was ich am Morgen schon einmal gesehen hatte, als sie sich beim Wäscheaufhängen umdrehte, während die Krankenträger die Leiche forttrugen und sie bemerkte, daß ich sie beobachtet hatte. Als sie den Tee aufgoß, lächelte sie und summte vor sich hin, wie sie es getan hatte, als sie sich meine Version darüber anhörte, wie die Frau ins Wasser gekommen war. Ich vermutete, sie wußte, daß ich Interesse an ihr hatte.

Sie stellte die Tassen auf den Tisch, dann holte sie die Teekanne und setzte sich wieder auf ihren Platz.

Ich drehte mir eine Zigarette und bemühte mich, ungezwungen zu wirken, aber in meinem Inneren war ich auf der Hut und fragte mich, wie weit ich gehen konnte. Leslie las mit einem kritischen Gesichtsausdruck die Tageszeitung, und der Kleine hielt sich einen Comic vor die Nase und ließ die Beine unter dem Tisch baumeln, wie Kinder es manchmal tun.

Das und die Tatsache, daß plötzlich – umgeben von einer Mauer aus Zeitungen – ein privater Bereich für uns entstanden war, ließ mich auf die Idee kommen.

Natürlich ging ich ein Risiko ein, ich hätte mich in allem, was davor passiert war, getäuscht haben können, aber selbst dann hätte ich es nicht sehr wahrscheinlich gefunden, daß sie mich verraten würde. Immerhin war sie eine Frau, eine Frau, die auf einem Kahn großgeworden war. Ich sah, wie schwacher Dampf vom Kessel auf dem Herd aufstieg.

Langsam, sehr langsam, bewegte ich mein Bein, bis es unter dem Tisch ihres berührte, bis mein Schienbein direkt unter ihrer Wade war, und dann zog ich, während ich sie berührte, mein Hosenbein nach oben und ließ mein entblößtes Bein langsam über ihre Wade kreisen. Ihr Körper war warm, die Haut etwas rauh. Ich hatte Zeit, das zu bemerken. Ich sah, wie sich die Röte vom Nacken über ihre Wangen ausbreitete, sah, wie sie erstarrte, spürte, wie ihr ganzer Körper erzitterte, als sie, wie in geheimer Absprache, vorgab, nichts zu merken, und einen Moment lang verharrten wir in einer Art esoterischer Verbindung, ihr Profil war mir zugewandt, ihr Kinn leicht nach vorne gestreckt, die volle, sinnliche Linie ihres Halses entblößend, ihre angespannten Nasenflügel, die aussahen wie Muscheln, und ihre rechte Hand auf dem Tisch, die nach dem Salzstreuer griff und damit herumspielte. Ich verbrachte die nächste Minute damit, meine Position zu festigen, ihr nacktes Fleisch sanft mit meinem Schienbein zu massieren. Sonst war nur das Rascheln der Zeitungen zu hören, Leslie hustete, und der Kessel auf der Herdplatte begann energischer zu pfeifen.

Mit verhaltenem Eifer ließ ich meine Hand dann auf ihrem rechten Schenkel unter das Kleid gleiten. Er fühlte sich warm, weich und geschmeidig an. Ihr Atem ging nun schwerer. Sie wagte nicht, mich anzusehen. Ich streichelte sie sanft, war mir der wachsenden Dringlichkeit meiner Fingerspitzen bewußt, die auf ihrem Schenkel Begehren säten; eine Dringlichkeit, die von dem Wissen herrührte, daß meine gegenwärtigen Annäherungsversuche zu nichts führen mochten, daß die Spannung jeden Moment durch eine unbewußte Bewegung einer unserer möglichen Zuschauer zerstört werden konnte. In diesem Augenblick berührten meine Finger das hervorstehende Gummiband ihrer altmodischen Unterhose. Meine Fingerkuppen gruben sich in ihr Fleisch, bahnten sich einen Weg unter das Gummi. Gleichzeitig spürte ich ihre Abwärtsbewegung, unglaublich langsam und unglaublich schwer ließ sie sich auf dem Holzstuhl nach vorne gleiten, so daß sich ihr Körper fast unmerklich meinen Fingerspitzen entgegenstreckte.

In diesem Moment sah sie mich an. Es war beinahe, so fand ich, ein haßerfüllter Blick, ihre Augen hart und leidenschaftlich zugleich. Plötzlich fühlte ich mich wie ein Idiot, weil ich sie ansah, weil die Distanz zwischen uns so groß war. Ich bin sicher, sie spürte das auch, aber aus ihrer Sicht war es eine Art Verrat. Ich versuchte, sie zu beruhigen, und sah bedeutungsvoll hinüber zu der Doppelkoje, in der sie und Leslie schliefen. Aber das hatte auf sie leider nur die entgegengesetzte Wirkung. Sie atmete einmal kurz durch die angespannten Nasenflügel aus und stieß sich dann nach hinten, um ihren Körper von meinen forschenden Fingern zu befreien, gleichzeitig bewegte sie ihr Bein wie bei einem verzögerten Reflex nach vorn. Ihre Hand umklammerte fest mein Handgelenk und stieß es von sich. Sie mußte durch ihre hektischen Bewegungen den Jungen getreten haben, denn plötzlich drang er in unsere intime Welt: »Hey! Hör auf, mich zu treten, Ma!« Und sie verschränkte genau in dem Moment die Hände auf dem Tisch, als Leslie seine Zeitung sinken ließ und sagte: »Also, Joe, wenn du deinen Tee ausgetrunken hast, fahren wir los.«

Ella war hochrot und durcheinander. Sie nahm die Tassen und sagte dem Jungen, er solle seinen Mund halten, sonst würde sie ihm eine Tracht Prügel verabreichen. Ich stand auf und sagte zu Ella, daß der Tee sehr gut gewesen sei, aber sie murmelte nur etwas vor sich hin und drehte sich nicht um. Sie kratzte den Kartoffeltopf mit dem Messer aus, und ich konnte ihr Gesicht nicht sehen.

3. Kapitel

Oben auf dem Deck war die Luft kühl, ein kühles Grau, und hinter den Lagerhallen stand der gemauerte Schornstein in seinen eigenen, unbeweglichen, gelben Rauchpilz gehüllt. Leslie spuckte über den Rand des Kahns und steckte seine Pfeife weg.

»Ich laß dann mal den Motor an«, sagte er und ging wieder nach unten.

Ich machte die Taue los, und bald waren wir vom gelblichen, seichten Uferwasser hinaus auf die Flußmitte gefahren und steuerten auf den Kanaleingang zu. Das Wasser war weich und mit einer schmutzigen Schaumschicht bedeckt; es schien sich gegen uns zu lehnen und dann zu weichen, als wir, die Schaumdecke durchbrechend, hindurchfuhren. Ab und zu trieb ein pockennarbiges Stück Rinde unter der Oberfläche vorbei. Auf dem Fluß war nicht viel Verkehr. Und dann starrte Leslie unter dem trüben Grau des Himmels angestrengt auf die Stelle am Kai, von der wir gerade losgemacht hatten, im Geiste den Ort markierend, wo wir die Leiche der Frau aus dem Wasser gezogen hatten.

Wenn man sich einmal daran gewöhnt hat, ist es ziemlich langweilig, den Kanal entlangzukriechen, auf eine sich öffnende Schleuse zu warten oder darauf, daß der richtige Wasserstand erreicht wird, aber man sieht auch ein paar interessante Dinge, zum Beispiel die Fahrradfahrer auf den

Fußwegen, wenn ein Kanal durch eine Stadt fließt, spielende Kinder und turtelnde Paare. Davon gibt es ziemlich viele, vor allem nach Einbruch der Dunkelheit und dort, wo es einsam ist. Sie suchen sich die einsamen Stellen, wo es keine Fußwege gibt und man über einen Zaun klettern muß, um überhaupt dorthin zu gelangen. Vielleicht zieht sogar das Wasser sie genauso an wie die Abgeschiedenheit des Ortes und natürlich die Gefahr. Im Sommer sind sie so zahlreich wie die Fliegen, und manchmal gegen Abend kann man ihr Lachen hören, dort wo sich die Hängeblumen am Flußufer ausbreiten und das Wasser berühren. Man sieht sie selten, hört nur Stimmen.

Von allen Jobs, die ich machen mußte, war mir doch der auf dem Kanal am liebsten. Man ist nicht fest an einen Ort gebunden wie bei einer Arbeit in der Stadt, und mitunter, wenn es einem gelingt zu vergessen, wie lächerlich klein die Entfernungen sind, hat man sogar das Gefühl zu reisen. Und Reisen hat was.

Bald tuckerten wir am Ufer des Kanals entlang, er spulte sich hinter uns ab wie ein ordentliches schwarzes Band, das zwei Blöcke grün-brauner Landschaften zerteilt. In der Ferne konnte ich eine offene Schranke erkennen. Sie ragte ungelenk in die Luft, wie ein Zeichen, das keine Bedeutung hat, hob sich schwarz vom fahlen Nachmittagshimmel ab. Ich stand achtern am Steuer, und Leslie hatte sich auf der Luke über dem Laderaum niedergelassen und rauchte Pfeife. Er sah träge auf die Landschaft, hin und wieder spuckte er oder steckte sich seine Pfeife neu an. Ella war noch unten, spülte und machte Ordnung, und der Junge saß im Schneidersitz auf dem Bug und sah aus meinem Blickwinkel aus wie eines dieser schwarzen Dinger, die man auf den Telegrafenmasten sieht. Es war ein friedlicher Anblick. Leslie sah auch friedlich aus, er dachte ohne jeden Zweifel daran, wie er nachher an der Dartscheibe in dem kleinen Pub in Lairs so richtig angeben konnte. Ich sah ihn geradezu vor mir, wie er sein Bierglas an die Lippen hob und einen großen Schluck nahm, der eine Schaumspur am Rand des Glases hinterließ. Dann würde er mich fragen, ob wir eine Partie Darts spielen.

Ja, alles war friedlich, wie der Mann, der weit hinten auf der linken Seite sein Feld pflügte, und wie die beiden Kühe, die ein Stück weiter grasten. Überall um mich herum frische Luft, alles ganz ruhig, und irgendwo in meinem Inneren ein schwaches, taubes Gefühl der Aufregung.

Während ich am Steuerrad stand und über die Anziehung nachdachte, die Ella auf mich ausübte, fast so als würde sie schwer und warm an meiner Haut hängen, ein Gewicht, das sein Zentrum am Ende meiner Wirbelsäule und auf der Rückseite meiner Schenkel hatte, und während ich noch über die vorbeiflimmernden Bilder des Nachmittags nachdachte, kam mir plötzlich in den Sinn, daß Tasten wichtiger ist als Sehen.

Tasten überzeugt auf eine Art, die dem Sehen nicht zu eigen ist. Ich begeisterte mich an dem Gedanken, daß das Sehen nur von der Oberfläche der Dinge fasziniert ist; mehr als das, es kann nur die Oberfläche kennen, Ebenheit auf Distanz, winzige Tiefen auf kurze Entfernung. Aber das Wasser, das man auf der Hand und am Handgelenk spürt, ist vertrauter und überzeugender als seine Farbe oder sogar als die Weite des Meeres. Das Auge, dachte ich, kann nie ins Zentrum der Dinge vordringen; es gibt keine enge Verbindung zwischen dem Auge und einer Pflanze auf dem Fensterbrett, oder zwischen meinem Auge und der Frau, mit der ich gerade schlafe.

Und ich dachte an Cathie, mit der ich zwei Jahre zusammengelebt hatte, bevor ich auf dem Kahn anfing, und wie ich sie manchmal angesehen hatte und entsetzt gewesen war über das Gefühl der Distanz. Wenn sie zum Beispiel mit angezogenen Knien auf dem Bett saß und ein Buch in Händen hielt. Mitunter war ich mir nicht sicher. Sie war da, aber nur indirekt, wie die Tapete oder der Wagen, der gerade draußen auf der Straße vor dem Fenster stand. Ich kann mich daran erinnern, daß ich es als kleiner Junge liebte, Dinge zu berühren, Bäume, Katzen, Blumen. Ich *sah* ein Veilchen oder eine Rose, aber ich mußte die Distanz zerstören, ich mußte die samtigen Blütenblätter mit meinen Fingern, meinen Wangen spüren; ich mußte den Duft in mir aufnehmen und spüren, wie er in mir lebte. Genauso war es mit Cathie. Ich mußte zu ihr hinübergehen und meinen Kopf in ihre Schenkel vergraben – sie in meinen Nasenflügeln spüren, meine Hand über sie gleiten lassen und schließlich den warmen Körper ganz an mich ziehen. Aber selbst das war nicht genug. Selbst das Berühren war unzulänglich. Sie lag nackt in meinen Armen. Plötzlich verlangte ich danach zu *sehen*, was da so weich, warm und feucht war. Ihr Körper. Aber das war eine Abstraktion, fast wie ein Preisschild. Es hatte nichts mit der Existenz zu tun. Ich rückte von ihr ab und musterte sie, die kleinen Brüste mit ihren matten, violetten Spitzen, die feste, braune Wölbung ihres Bauches und die geschmeidige Üppigkeit ihrer Schenkel. Ihr Hintern war weich, gelb und rund wie eine Murmel.

Aber ich konnte diese Dinge nicht spüren. Ich wollte *berühren*, was ich sah. Aber ich konnte nur etwas Weiches berühren, etwas Feuchtes, etwas Vibrierendes, etwas Anschmiegsames. Sehen und Tasten sind vielleicht wechselseitig bedingt, aber ihre Ziele sind vollkommen unterschiedlich. Wenn ich die Erhebung ihrer Brust nicht mehr sehen konnte, weil ich meine Lippen auf sie preßte, um sie mir in meinem Innern zu bestätigen, dann entfloh mir das Ding, das ich doch bestätigen wollte, und an seiner Stelle war etwas Weiches und Warmes. Es gab keine enge und notwendige Verbindung zwischen dem, was ich sah, und dem, was ich spürte. Die Eindrücke gehörten zusammen wie ein Stein und eine Melodie: Die Verbindung war haarsträubend, trügerisch, absurd. Am Ende blieb das Gefühl, daß sich dir etwas entzogen hatte.

Ich lächelte, als ich daran dachte. Cathie. Ich begegnete ihr in einem Ferienort an der Westküste. Ich war dort, weil ich einen Job brauchte, Geld verdienen mußte. Ich stand an der Promenade, die Ellenbogen auf die Brüstung gestützt, und blickte über den Strand auf das Meer. Ich hatte schon seit einiger Zeit die Bewegung bemerkt, mit der der Seewind direkt unter mir am Strand sachte durch ein buntes Tuch fuhr. Dort lag ein Mädchen, das vorsichtig versuchte, sich den Rücken einzucremen. Ich weiß nicht, ob sie mich in diesem Moment schon bemerkt hatte. Ich sah ein paarmal zu ihr hinunter, und jedesmal schien sie darauf zu reagieren, indem sie den Versuch, sich den Rücken einzucremen, aufgab, und die öligen Hände über das weiche Fleisch ihrer Schenkel und Waden strich. Diese Stellen konnte sie gut erreichen und cremte sie mit großer Sinnlichkeit ein.

Ich sah ihr vielleicht zehn Minuten lang zu. Danach war ich mir sicher, daß sie mich aufforderte, sie anzusprechen, und ich hatte Angst, wenn ich es nicht bald täte, würde sie das Ganze leid werden, ihre Sachen zusammenpacken und an einen besser besuchten Strandabschnitt ziehen.

Ich stieg die Stufen zum Strand hinunter und schlenderte über den Sand auf sie zu. Ich ging langsam, versuchte ihre Reaktion abzuschätzen.

Sie trug eine Sonnenbrille. Ich sah, wie sich ihr Blick hinter den Gläsern auf mich richtete, mich prüfend musterte.

Es gibt einen Punkt, an dem sich ein Mann und eine Frau aneinander anpirschen wie Tiere. Normalerweise ist das in den meisten Situationen unter Menschen eine sehr zivilisierte Form des Anpirschens, jede Bewegung auf beiden Seiten bietet mehrere Möglichkeiten der Interpretation. Es ist eine Maßnahme der Verteidigung. Man kann sozusagen bis zum letzten Moment vortäuschen, sich nicht der sexuellen Deutung bewußt zu sein, die den eigenen Bewegungen unterstellt wird. Man ist nicht dazu verpflichtet, die eigene Absicht zuzugeben, den anderen verführen zu wollen, bevor man sicher ist, daß der andere auch in die Verführung einwilligt. Aber man kann sich nie ganz sicher sein, weil der andere genauso vorsichtig ist, genauso wenig dazu bereit, einem Menschen gegenüber einzuwilligen, der nicht ganz deutlich gemacht hat, daß seine Absicht sexueller Art ist, denn er verlangt von der anderen Person, daß sie ihre Absicht ohne vorherige Zustimmung offenlegt. Und so schleichen Mann und Frau umeinander, und dieses Annähern und Absichern ist um so heikler, da keiner völlig darauf vertrauen kann, daß der andere nicht Unkenntnis heuchelt über alles, was zwischen ihnen vorgefallen ist. Der Mann könnte in jeder Situation ein Puritaner sein, die Frau könnte bloß den Wunsch haben, umworben zu werden, ohne am sexuellen Akt an sich interessiert zu sein.

Cathie beispielsweise hätte vorgeben können, über meine plötzliche Anwesenheit neben ihr am Strand überrascht zu sein, und sie tat es auch. Es hatte ihr Vergnügen bereitet, daß ihr jemand dabei zusah, wie sie ihren Körper streichelte, aber ich konnte absolut nicht sicher sein, daß sie nun auch darin einwilligen würde, daß *ich* ihren Körper streichelte. Sie wußte das, wie Frauen es in der Regel immer wissen, und sie würde es genießen, mir nun bei der Unterbreitung meiner Absicht zuzusehen. Und an dem Punkt, an dem sie sich sicher wäre, würde sie sich überlegen, ob sie einwilligte oder nicht, ungeachtet meines Begehrens.

Ich wußte es, und sie wußte es, als ich mich neben sie setzte und ihr eine Zigarette anbot. Sie nahm an. Wir redeten ein bißchen über das Wetter und über die Sonne, was mir die Gelegenheit bot, die Flasche Sonnenöl in die Hand zu nehmen und sie eingehend zu betrachten. Sie sagte, ich könne es benutzen, wenn ich wollte.

Ich war noch vollständig angezogen und hatte keine Badesachen dabei, deshalb sagte ich, daß das keinen großen

Sinn habe. Aber bevor sie das als eine Ablehnung interpretieren konnte, schlug ich vor, ihr den Rücken einzucremen, und gestand ihr, daß ich sie von der Uferpromenade aus beobachtet hatte. Sie tat abermals so, als hätte sie das nicht bemerkt, aber ohne ein weiteres Wort rollte sie sich auf den Bauch und bot mir ihren Rücken dar. Sie trug einen schwarzen Nylonbikini, die Hose spannte sich eng über ihren Hintern, und das Oberteil war nun nicht zu sehen, abgesehen von einem schmalen Nylonfaden, der direkt unterhalb der Schulterblätter über ihren Rücken lief.

Ich begann in der Mitte und arbeitete mich mit dem Öl in immer größeren Kreisen zu den Bikinirändern vor. Bald wurde meine Massage zu einer Liebkosung, und als ich spürte, daß sie ihr erlag, das Gesicht in das Handtuch im Sand vergraben, ließ ich meine Finger zunächst unter den Träger des Oberteils und dann unter das strammsitzende, schwarze Nylonhöschen und sanft über die weiche Wölbung ihres Hinterns gleiten. Sie gab sich nicht die Mühe, Widerstand zu leisten. Sie hatte den Rest der Welt ausgeschaltet, ausgeschaltet auch die Angst vor einem zufälligen Zuschauer auf der Uferpromenade, indem sie einfach die Augen schloß.

Nicht weit von uns entfernt befanden sich einige Felsen, von denen ich wußte, daß sie weder vom Strand noch von der Promenade aus eingesehen werden konnten. Ich kannte zu diesem Zeitpunkt noch nicht einmal den Namen des Mädchens, und ich überlegte, ob es nicht dumm wäre, ihr vorzuschlagen, den Blicken der anderen Menschen zu entkommen. Schließlich war sie im Moment, trotz meiner so intim beschäftigten Hände, ziemlich sicher: alle Ängste verschwunden, alle Anspannung gelöst. Hier, an diesem ungeschützten Strandabschnitt, konnte ich nichts weiter machen. Und selbst wenn sie einwilligen würde, die Empfindungen, die Lockerheit, die ich bis jetzt bei ihr bewirkt hatte, mochten sich, wenn wir an einen abgelegeneren Ort gingen, völlig auflösen.

Sie würde zahllose Gelegenheiten haben, die Sache noch einmal zu überdenken und sich dagegen zu entscheiden. Im Moment – gäbe es da nicht die Gefahr, beobachtet zu werden – hätte ich ihr vermutlich die Bikinihose einfach über ihre Beine streifen können, aber ob ich mich nach einem Spaziergang von hundert Metern an einem schattigen Ort immer noch gegen ein Mädchen würde behaupten können, das mir immerhin vollkommen fremd war, konnte ich nicht wissen. Der Gedanke daran ließ mich zögern. Ich hatte nicht die geringste Lust, das zu verlieren, was ich bei meinem voreiligen Verführungsversuch bereits erreicht hatte. Aber meine Zweifel hielten nicht lange an. Ich spürte ihre Hingabe. Ich sah, daß sie die Menschen auf der Uferpromenade überhaupt nicht wahrnahm. Ich beugte mich zu ihr hinunter und flüsterte ihr ins Ohr, daß wir ein Stück weiter am Strand einen Ort finden könnten, wo wir alleine wären.

Einen Moment lang antwortete sie nicht. Sie lag mit geschlossenen Augen da, so entspannt, daß sie auch das Bewußtsein verloren haben konnte. Ich spürte, daß sie mitgehen wollte, egal wohin, aber sie hatte noch nicht all ihre Skrupel überwunden. Je länger sie nachdachte, desto vernünftiger würde sie werden. Das eine folgte leider Gottes dem anderen so natürlich wie die Nacht auf den Tag. Und an solch einem Punkt ist es immer schwierig zu wissen, was man tun soll.

Ich war ein Fremder. Normalerweise macht man sich automatisch ein Bild von einer Person. Nur innerhalb dieses Bildes wird jemand seinen Eindruck bei dir hinterlassen. Jenseits dieser konstruierten Vorstellung gibt es keine Erfahrung; das Bild an sich ist das Schutzschild dagegen. Wenn sich zwei Menschen näherkommen, ist es notwendig, daß man die Konstruktionen zerstört, in denen der eine den anderen wahrnimmt. Cathie hatte genau das getan, als sie sich von einem Fremden streicheln ließ. Sie konnte absolut nicht wissen, auf was sie sich da einließ (außer, daß es ungewiß war). Cathie . . . das war der Name des Mädchens am Strand. Sie hatte das ganze System der Maße und Gewichte ausgeschaltet, das eine konventionelle Erziehung ihr vermittelt hatte. Sie tat es mit einem Zögern – ihr Rücken war mir zugewandt, und sie hätte sich jeden Augenblick empört umdrehen können –, aber mehr als das Zögern war auch nicht notwendig. Man muß nur so tun, als seien die konventionellen Verhaltensmuster zufällig, um allmählich herauszufinden, daß sie es wirklich sind, daß die tiefgreifendsten Erfahrungen in den alltäglichen Situationen liegen, vom eigenen Erfahrungshorizont jedoch ausgeschlossen durch die starren Regeln des sogenannten anständigen Menschen.

Ich war ein Fremder, deshalb hatte ich Angst, zu schnell zu sein. Wie ich schon sagte, in Situationen wie dieser ist es immer schwierig zu wissen, was man tun soll. Wenn man zu schnell ist, findet die Frau ihre »Befürchtungen« bestätigt. Sie *weiß*, was du willst, aber sie ist – trotz der Tatsache, daß sie es die ganze Zeit über wußte, das heißt, *so sicher* wußte, daß sie keine Bestätigung brauchte – durch eine bestimmte Art des Denkens trotzdem in der Lage, von deinem Angebot schockiert zu sein.

»Meinetwegen, ein Spaziergang. Die Beine vertreten«, sagte sie schließlich, ohne mich dabei anzusehen. Sie setzte sich auf und fügte hinzu: »Es ist nicht weit, oder?«

Vielleicht hatte auch sie Angst, daß ihr Verlangen unterwegs ersticken würde.

»Hundert Meter«, sagte ich, deutete hinüber und gab mich ungezwungener, als ich war. »Dort drüben bei den Felsen.«

Sie stand ohne ein weiteres Wort auf, nahm ihr Handtuch und die kleine Tasche, in der sie ihre Kosmetikartikel, ein Buch von Daphne Du Maurier und andere Dinge hatte, die Frauen mit an den Strand nehmen, und ging mit mir auf die Felsen zu.

Wortlos liefen wir nebeneinander her. Als wir ein paar Meter gegangen waren, nahm ich ihr die Tasche ab und trug sie für sie. Sie hatte nichts dagegen, und irgendwie ersetzten diese Geste, ihre Zustimmung, ihr Lächeln die Worte zwischen uns.

Die Felsen lagen am Ende der Promenade, hinter dem letzten Hotel, und sie ragten so steil und scharf in den Himmel, daß sie für jeden, der die Promenade entlangschlenderte, die Sicht in Richtung Meer verdeckten. Sie waren wie ein Hufeisen angeordnet, in ihrer Mitte standen kleinere Felsbrocken im flachen Sand, bildeten winzige, mit Wasser gefüllte Höhlen. Wir gingen um die erste Spitze, die fast bis ins Wasser reichte, und sobald wir sie umrundet hatten, fühlte man sich wie in einem Amphitheater. Wir folgten dem Schutz der äußeren Begrenzung bis zu einem Fleckchen mit trockenem Sand. Es lag unter einem Felsenvorsprung, wurde aber noch von der Sonne erreicht.

Ich warf meine Jacke in den Sand, sie breitete ihr Handtuch aus, und wir setzten uns. Die unausgesprochene Nähe, die noch ein paar Augenblicke zuvor zwischen uns geherrscht hatte, war nun verschwunden. Wir saßen uns wieder wie Fremde gegenüber. Vor allem sie machte einen mißtrauischen und unnahbaren Eindruck. Wir rauchten zwei Zigaretten, eine nach der anderen, bevor sie sich schließlich hinlegte und die Augen schloß. Diesmal lag sie auf dem Rücken, ihre runde Bauchdecke glänzte vom Sonnenöl, ihre langen, leicht gespreizten Beine liefen von dem geschmeidigen Panzer ihrer Bikinihose aus nach unten spitz zu. Glitzernde Sandkörner hafteten an ihren Beinen. Kein Mensch weit und breit.

Cathie. Sie gehörte zur Vergangenheit, war dort tief und endgültig begraben. Jetzt gab es Ella.

Aber als sie gegen Abend an Deck kam, warf sie noch nicht einmal einen Blick in meine Richtung. Sie ging nach vorne, wo Leslie saß, sagte etwas, das ich nicht verstand, und kam dann zurück, und ich versuchte, ihren Blick aufzufangen, aber sie wich mir aus und ging wieder nach unten.

Ihr Verhalten beunruhigte mich um so mehr, weil ich sie beobachtet hatte und weil gerade eben erst, als sie neben Leslie stand und mit ihm sprach, der Wind ihr Kleid zum Heck hin leicht angehoben hatte, und ich malte mir aus, wie es gewesen wäre, wenn ich dort sitzen würde, wo der Junge saß, und sie von der anderen Seite aus gesehen hätte. Ich stellte mir vor, daß das Kleid nach oben geweht und dann gegen ihren linken Oberschenkel gedrückt würde wie ein weiches Leinentuch im Wind und daß sich die Muskeln ihres Oberschenkels klar gegen die Baumwolle abzeichneten. Es fiel mir schwer, nicht an ihren Körper zu denken, ihn nicht in Gedanken anzufassen, und doch war er schon seit zwei Monaten auf der anderen Seite der Trennwand gewesen.

Gleichzeitig vermittelte mir die Tatsache, daß sie mich ignorierte, ein angenehmes Gefühl der Distanz und der Isolation. Denn schließlich bedeutete es, daß sie mich wahrnahm, und das gab mir ein Gefühl der Macht, eine Rechtfertigung meiner eigenen Existenz. Macht wirken zu lassen, ohne sie auszuüben, distanziert und mächtig zu sein, einfach nur dazusein, still und unzerstörbar wie Götter, das bedeutet, ein Gott zu sein. Darum gibt es Götter.

Wir konnten den Kirchturm von Lairs in der Ferne erkennen, ein schwarzer Kegel gegen einen rotgefleckten Himmel, ein Hexenhut in einem blutroten Dunstschleier. Er schien weit weg und verzaubert zu sein.

Leslie sagte, wir würden noch vor sieben dort ankommen. Er wüßte eine gute Stelle zum Anlegen, nicht weit von dem Pub entfernt, von dem er mir erzählt habe, wir würden zu Abend essen und dann gegen acht in den Pub gehen. Er war gespannt darauf, ob die Abendzeitung von unserer Entdeckung der Leiche berichten würde. Er hoffte es. Auf jeden Fall würde es im Pub eine Zeitung geben. Er war guter Dinge.

Der Junge kam vom Bug zurück und ging nach unten zu seiner Mutter. Leslie übernahm das Steuer, und ich setzte mich hin und rauchte. Ich dachte erneut, daß ich keine Lust hatte, in den Pub zu gehen, aber ich wußte nicht, wie ich da wieder rauskommen sollte. Ich wollte weder Darts spielen noch etwas trinken, denn Ella würde nichts getrunken haben, und sie konnte das zum Vorwand nehmen, um mir eine Abfuhr zu erteilen. Ich hatte bereits beschlossen, daß ich früher als Leslie zurückkehren wollte.

Wenn ich darüber nachdenke, so war ich noch nie mit Ella allein gewesen, nicht länger als fünf Minuten am Stück, und wir hatten kaum miteinander gesprochen. Sie hatte mich von Anfang an abgelehnt, vielleicht nur, weil ich ein Mann war und sie von ihrer Erfahrung mit Leslie auf alle Männer schloß. Und natürlich waren Leslie und ich uns während der ersten Wochen nähergekommen. Ich stellte, vermute ich, einen Verbündeten gegen sie dar. Aber jetzt, nach der gefährlichen Vertrautheit am Tisch in der Kajüte, mußte sie wissen, daß ich Interesse an ihr hatte. Und ich wollte mit ihr alleine sein, um herauszufinden, wie sie zu mir stand.

Es war auf Leslies Uhr fünf vor sieben, als wir in Lairs ankamen. Wir machten den Kahn in einem kleinen Seitenarm des Hauptflusses fest, und bevor wir wieder nach unten gingen, zeigte er mir die Straße, über die wir nachher zum Pub gelangen würden. Er läge direkt hinter der Kirche, sagte er, der gemütlichste Ort, den ich je gesehen hätte.

Aus der Nähe betrachtet sah der Kirchturm genauso entzaubert aus wie die meisten Kirchtürme in Schottland. Später am Abend, als wir über den Kirchhof zum Pub gingen, entdeckte ich auch die üblichen häßlichen rot-schwarzen Poster, die von dem bösen Einfluß des Alkohols und dem nahe bevorstehenden Jüngsten Gericht kündeten.

»Laß uns runter zum Essen gehen«, sagte ich. Leslie folgte mir.

Der Tee stand schon auf dem Tisch, zumindest meiner und Leslies, denn Ella hatte ihren bereits zusammen mit dem Jungen getrunken, brummte Leslie. Er hatte bis jetzt keinen Verdacht.

Es gab Würstchen zum Tee, anschließend Brot, Butter und Marmelade, und da die Würstchen ebenfalls schon auf dem Tisch standen, gab es für Ella nichts weiter zu tun, als den Tee einzuschenken. Anschließend setzte sie sich mit dem Rücken zu mir neben den Herd und widmete sich ihrer Stopfarbeit.

Als ich den Senf auf die Würstchen strich, wurde mir klar, daß es jetzt, da ich nicht mehr am Steuerrad und an der frischen Luft stand – das Steuerrad in meinen Händen vermittelte mir den Eindruck von Kontrolle – nur natürlich war, daß diese gezügelte Anspannung, die mir den ganzen Nachmittag ein gutes Gefühl gegeben hatte, nun verschwunden sein sollte. Hier unten in der Kajüte war es nicht mehr so einfach – mit der Doppelkoje, die mir ins Gesicht starrte, Ella mit dem Rücken zu mir, und Leslie, der sich seiner Sache so sicher war und nur Darts im Kopf hatte. Leslie mußte den Eindruck haben, daß alles wie immer war. Als würde sie nur seine Strümpfe stopfen, so wie sie ihn manchmal anbrüllte oder den Jungen ausschimpfte, und sich fragen, wie er so große Löcher hineinbekam. Aber ich wußte, daß sie nicht so ruhig sein konnte, wie sie aussah. Sie mußte wissen, daß sie mich heute beim Mittagessen hatte zu weit gehen lassen, um davon ausgehen zu können, daß ich es vergessen hätte. Ich hatte den Verdacht, daß das der Grund dafür war, warum sie schon vorab zu Abend gegessen hatte. Vermutlich hatte sie die Sache im Laufe des Nachmittags noch einmal überdacht und war zu dem Ergebnis gekommen, daß daraus nichts Gutes werden könne, vielleicht auch, daß ich mich nicht standesgemäß verhalten hatte, denn ich wußte schon seit einiger Zeit, daß Ella ein Snob war und ihr Herz an der Vorstellung hing, eines Tages den Kanal zu verlassen und in einen »netten, kleinen Bungalow« zu ziehen, wie Leslie es nannte, irgendwo in einem der ruhigeren Vororte von Edinburgh. Was immer sie dachte, ich entschied, daß es letzten Endes doch eine gute Sache war, in den Pub zu gehen, denn ein paar Whisky würden mir genau den Mut geben, der mir fehlte.

Leslie war schneller mit dem Essen fertig als ich, denn er konnte es kaum erwarten loszugehen. Ich habe nie zuvor einen Menschen gekannt, der so schnell aß. Er schlang immer und beförderte mit Messer und Gabel unablässig Nahrungsbrocken in seinen Mund, nicht etwa wahlweise – es hing nur davon ab, welches Werkzeug sich am nächsten zum Nahrungsstück befand und welches die kürzeste Distanz zwischen Teller und Mund zurückzulegen hatte. Er beugte sich nun nach vorne und blies den Dampf von seinem Tee.

Ich sah auf Ellas Rücken. Es war ein breiter Rücken. Der Rücken einer reifen Frau, die langsam in die Breite ging, ohne jedoch dabei schlaff zu werden, denn ich konnte sehen, daß ihr Fleisch noch fest war, sich aber nichtsdestotrotz ausdehnte, so daß ein Mann eine mächtige Begierde unter sich spüren mochte: opakes, sehr muskulöses Fleisch, gebändigt durch die große Agilität ihres dynamischen Körpers.

Ich hatte vor, so früh wie möglich zu ihr zurückzukommen. Ich war sicher, daß sie, abgesehen von einigen natürlichen Hemmungen, so hungrig war wie ich, als würde unserer beider Begierde auf elementare Weise zusammenpassen. Ich habe schon immer so über Sex gedacht. Jedesmal wenn ich mir mit einer Frau einig werde, habe ich das Gefühl, daß wir dazu bestimmt sind, zusammenzukommen, Körper zu Körper, nur auf diese Weise, zu dieser Zeit, auf einer Wiese, im Bett oder wo auch immer, und ich vermute, das hat gar nichts zu bedeuten, außer daß ich immer da bin und warte, bereit bin, mich auf etwas einzulassen. Ich bin wie eine sexuelle Wünschelrute, die am Rande eines Treffens verstohlen ausschlägt. Ich warte auf ein Zeichen. Es hat etwas mit dem Antrieb zu tun, den ich von dem Moment an entwickle, in dem das Verlangen in mir geweckt wird – ein Schatten auf einem Nacken, der Umriß eines Schenkels, die Hüften, das Anfeuchten der Lippen –, bis zu dem Moment, in dem es mit der Frau zur Sache geht. Ich ärgerte mich über Ellas momentanen Widerstand. Es war eine Art Verrat. Sie hatte bereits eingewilligt. Sie konnte keinen Rückzieher mehr machen. Die ganze Sache kam ins Rollen, als sie sich reckte, um die Wäsche auf die Leine zu hängen, als sich ihre Oberschenkel einen Augenblick lang entblößten, ungefähr fünfzehn Zentimeter unterhalb ihres Gesäßes. Und das Risiko, das wir eingehen würden, gab der Sache einen zusätzlichen Reiz. Ich war mir sicher, daß sie sich meiner Gedanken bewußt war.

Leslie hatte schon seine Kappe auf und wartete auf mich, deshalb ging ich nach hinten in die kleine Kabine, wo meine Koje ist, um meine Kappe zu holen. Als ich zurückkam, sagte sie ihm gerade, er solle sich nicht betrinken. Sie stand mit dem Rücken zu mir, und ich zwinkerte Leslie über ihre Schulter hinweg zu. Dann ging ich an ihr vorbei, strich mit meinem Handrücken über ihren Hintern und stieg nach oben. Ich spürte, wie sie ein Schauer überlief. Aber sie sagte kein Wort.

»Bis später«, rief ich, ohne mich umzusehen.

Als ich durch die Luke stieg, hörte ich, wie Leslie oben lachte.

4. Kapitel

Die kleine Glocke über der Tür bimmelte, als wir eintraten.

Es war ein netter kleiner Pub mit einem offenen Kamin an der einen Wand und einigen blankpolierten Schiffsglokken aus Messing, die von den Balken hingen. Ein alter Mann mit einer Melone beugte sich über den Tresen und unterhielt sich in vertraulichem Ton mit dem Wirt, der sein Haar in ölige Strähnen geteilt hatte, wie die Zacken eines Kamms auf seiner rosa glänzenden Stirn.

Der einzige andere Gast war ein junger Mann mit einer Schlägermütze. Er kauerte vor dem Kamin, als versuche er, das Feuer gegen den Raum abzuschirmen.

Der Wirt nickte uns zu. Er hatte hervorstehende gelbe Eckzähne und gerötete, blaue Glupschaugen. Der Mann mit der Melone drehte sich zu uns um, nickte kurz, brummte ein »Wie geht's« und setzte dann sein vertrauliches Flüstern mit dem Bestreben fort, den Wirt davon abzuhalten, zu uns zu kommen und uns zu bedienen. Wir warteten geduldig ein Stück entfernt am Tresen.

Bald näherte sich der Wirt uns rückwärts, wie ein Jojo an einer Schnur nickte er unaufhörlich als Antwort auf die allmählich lauter werdende Stimme des älteren Mannes mit der Melone.

»'tschuldigung, Mr. Keith«, sagte er schließlich und wandte sich an uns: »Was darf es sein, die Herren?«

Wir bestellten zwei Whisky und zwei Bier zum Nachspülen. Nachdem er uns bedient hatte, fragte der Wirt, woher wir kämen, und Leslie sagte ihm, daß wir aus Glasgow seien und mit einer Ladung Anthrazit unterwegs nach Leith, und der Wirt erinnerte sich an ihn und fragte nach dem anderen Kahnführer, der schon ein paarmal hier gewesen sei – wie war doch sein Name? –, ein kleiner, blasser Kerl mit einer Hasenscharte, und er hatte immer eine Frau dabei, die aussah wie eine Zigeunerin, ein Mädchen von ungefähr fünfundzwanzig, eine echte Augenweide, aber er hatte sie schon seit Monaten nicht mehr gesehen, und vielleicht war er tot oder hatte den Kanal aufgegeben.

»Ja«, sagte Leslie. »Schon möglich.«

Leslie wußte sowieso nicht, von wem er sprach, und er kannte alle Kahnführer ziemlich gut, von daher schloß er, daß der Kerl nicht regelmäßig unterwegs war.

Der Wirt bemerkte diskret, daß er nichts dagegen gehabt hätte, es bei der Kleinen mal zu versuchen. Die nahm es nicht so genau, sagte er. Nicht daß er es gemacht hätte, er war ja verheiratet und hatte zwei prächtige Kinder.

Ich war ungeduldig. Mir gefiel der Pub nicht. Mir gefielen die Augen des Wirts nicht, die aussahen, als hätte man sie in Alkohol gekocht, und ich hatte Schwierigkeiten, so zu tun, als bemerkte ich nicht, wie der alte Mann, der nun langsam näher rückte, sich bei uns anbiederte. Es gab hier nichts, was mich interessierte. Die Zeit verstrich, kostbare Minuten, die ich allein mit Ella hätte verbringen können oder zumindest draußen, um mir zu überlegen, wie ich es bei ihr anstellen sollte. Hier konnte ich nicht klar denken. Alles war mir im Weg, die Gesichter, die Stimmen, der Fettfleck auf der Krawatte des Wirts, der Flaum auf seinen rosa Armen und sein speckiger, gelbweißer Kragen. Ich betrachtete seinen Adamsapfel, der hoch und runter hüpfte, während er sprach.

»Wie läuft das Geschäft?« erkundigte sich Leslie.

Ich trank meinen Whisky in einem Zug und schob mein Glas nach vorne, damit er mir nachschenkte.

Der Wirt lehnte sich nach hinten, wählte eine Flasche aus und goß mir ein. Es liefe schlecht, sagte er. Im Moment sei einfach kein Geld in Umlauf. Samstag wäre es etwas besser gewesen.

»Überall das gleiche«, bemerkte Leslie.

»Steuern«, hörte man die Stimme des Mannes mit der Melone. Der Mann mit der Melone sah nicht so aus, als habe er in den letzten zwanzig Jahren irgendeine Steuer bezahlt.

»Verfolgen dich bis ins Grab«, sagte der Wirt. »Kostet ein Schweinegeld heutzutage zu sterben.«

Leslie lachte.

»Da wir gerade vom Tod reden«, sagte er. »Sie haben nicht zufällig die Abendzeitung hier?«

»Klar. Was ist passiert?«

Leslie erklärte, daß er und ich heute morgen eine Tote aus dem Wasser gefischt hätten. »Sie war splitternackt«, sagte er.

Der Wirt stieß einen Pfiff aus, und der Mann mit der Melone nutzte die Gelegenheit, zu uns zu kommen.

»Mord?« fragte er. Er hatte ein langgezogenes Kinn, und seine wäßrigen Augen waren unangenehm. Er sah mich um Bestätigung heischend an.

»Muß wohl«, sagte der Barmann, »wenn sie keine Kleider anhatte. Jung?«

Leslie antwortete, das sei schwer zu sagen, aber sie könne nicht älter als dreißig gewesen sein. Er fragte mich, was ich glaubte.

Ich sagte: »Sie war siebenundzwanzig.«

»War sie aufgeschlitzt oder so?« fragte der Mann mit der Melone und kniff die Augen zusammen.

»Keine Schramme«, sagte Leslie, was nicht stimmte,

denn ihr Hintern war ziemlich schlimm verkratzt gewesen. »Was ist nun mit der Zeitung?«

Der Wirt griff unter den Tresen und gab sie Leslie, der systematisch mit dem Daumen die Spalten absuchte.

»Noch einen Drink, bitte«, sagte ich.

Der Wirt goß routiniert nach, gab mir das Wechselgeld, und ich zog mich von der Bar zurück und setzte mich mit meinem Glas an einen der Tische. Das Gespräch drang aus der Distanz zu mir herüber. Ich prüfte den Whisky im Glas, ließ ihn am Rand hochschwappen, als würde ich nach etwas suchen. Natürlich tat ich das auch. Aber mein Blick war wie der machtlose Blick, den ein Mann auf der Galerie der Revuetänzerin in der ersten Reihe zuwirft. In diesem Moment verfluchte ich meine Armut – sowohl die intellektuelle als auch die finanzielle.

Genau in diesem Augenblick rief Leslie triumphierend aus: »Da ist es!«

»Wo zum Teufel?« sagte der Wirt.

»Na da!«

»Da. In der dritten Spalte ganz unten. Sieh mal!«

Und er las vor:

Heute morgen wurde im Clyde der Körper einer toten Frau gefunden. Die Frau trug nur einen dünnen Petticoat. Bis jetzt konnte sie nicht identifiziert werden. Die Polizei schließt einen unnatürlichen Tod nicht aus.

»Dachte, sie wäre nackt gewesen?«

»So gut wie. Diese Petticoats sind durchsichtig.«

Es war nicht schwer, früher als Leslie zu gehen. Ich sagte, ich hätte Kopfschmerzen. Der Mann mit der Melone hatte angeboten, mit ihm Darts zu spielen. Ich wünschte allen eine gute Nacht und verschwand.

Wieder an der frischen Luft stellte ich fest, daß ich zuviel getrunken hatte, nicht wirklich zuviel, aber genug, um meine Reaktionen zu verlangsamen, nachlässig zu werden und es zu merken, ohne etwas dagegen tun zu können. Ich spürte es beim Gehen, und es beunruhigte mich.

Ich ging langsam die schmale Straße an der Kirche entlang und blieb vor den Plakaten stehen, die ich bereits auf dem Hinweg wahrgenommen hatte. Es war zu dunkel, um sie lesen zu können. Ich zündete ein Streichholz an und hielt es dicht vor die Tafel. Das Streichholz verbrannte mir die Finger und erlosch. Ich fluchte leise und trat einen Schritt zurück. Weiter unten auf der Straße wünschte ich einem Polizisten gute Nacht, der mich sicher beobachtet hatte. Dann ging ich schnell über die Straße und bog in die kleine Seitengasse, die zum Kanal führte. Ich dachte schon darüber nach, was ich sagen wollte, aber als ich zum Kanal kam und der Kahn in Sichtweite war, blieb ich stehen, putzte mir die Nase und lachte über mich, weil ich so nervös war. Ich war nervös und hatte keine einzige Idee in meinem Kopf, wie ich es anstellen sollte, wie ich in Ellas Welt einbrechen sollte, denn dazu war ich seit diesem Morgen fest entschlossen. Ich hörte auf das Knirschen der Kiesel unter meinen Füßen.

Der Kahn lag behäbig im Dunkeln, als ich näher kam. Irgendwo in der Nähe bellte ein Hund.

Nun war es ganz dunkel, und das Kanalwasser war unser Zeuge. Es drängte sich mir auf, als wir am Kanal entlanggingen, ein Geräusch, ein Geruch, allgegenwärtig. Sie ging an meiner Seite, und ich hatte den Arm um ihre Taille gelegt. Selbst da wußte ich nicht, wie ich sie davon hatte überzeugen können, mit mir den Kahn zu verlassen.

Auf dem Treidelpfad war es stockfinster. Eine mondlose Nacht. Ihr Gesicht neben mir phosphoreszierte ein bißchen. Ich versuchte, mich an das Gespräch zu erinnern, wie ängstlich sie gewesen war, daß der Junge aufwachen könnte, und dann, wie sie sich plötzlich erhoben hatte, die Stimme fast triumphierend, als sie einwilligte, mit mir an Deck zu kommen. Wir gingen gerade an einem Bretterzaun entlang, als sie stehenblieb. Sie sagte, sie würde jetzt nicht mehr weitergehen, aber sie sagte es leise, als habe sie Angst, daß ich sie hören könnte. Sie wollte sich mir nicht entziehen. Als mir das klar wurde, drängte ich sie gegen den Bretterzaun und stellte mich dicht vor sie. Es war eine kühle Nacht. Ich hatte diese Verbindung schon einmal erlebt, ich meine die kalte Luft vermischt mit dem warmen Geruch einer Frau, der um so wärmer wirkte, da die Luft kalt war. Plötzlich wurde mir bewußt, daß ihre Kleider nicht ein Teil von ihr waren. Es hört sich so banal an. Aber in der Intensität des Augenblicks ist es eine wundervolle Entdeckung. Der Stoff schien sich unter meiner Hand aufzulösen, und ich spürte, wie sich die starken Muskeln an ihren Seiten anspannten. Ich mußte meine Hand unter ihr Kinn legen und das Gesicht zu mir heben. Und dann ließ ich meine Finger unter ihren Mantel und auf den Oberschenkel gleiten. Das Baumwollkleid, dasselbe wie heute morgen, war wärmer unter meinen Fingern. Ich konnte spüren, daß sie darunter nichts anhatte. Das Kleid ließ sich leicht vom Handrücken hochheben, als ich ihr mit der Hand über die Haut strich. Dabei küßte ich sie, und wir standen leicht schwankend da, als habe der sanfte, mit dem Duft des Wassers erfüllte Nachtwind die Kraft, uns zu bewegen.

Sie ließ sich nach unten ins Gras sinken. Ich folgte ihr. Und dann streichelte meine Hand ihren kräftigen Bauch, liebkoste die Haut um den Nabel, wo der Gürtel des Kleides ihren Körper umschloß und den gewölbten Bauch darunter aussehen ließ wie einen großen und weißen Mond der Sinnlichkeit. Sie atmete schwer, ihre üppigen Schenkel glitten auseinander, ermutigten mein Drängen. Sie hatte ihre Augen geschlossen. Ihr Kleid, das nun über die Hüften nach oben gestreift war, offenbarte vom Unterleib abwärts ihre hingebungsvolle Haltung, die Knie leicht angewinkelt, das Ganze ein Teil von ihr, wie ein seltsames Nachttier, das außerhalb seines Baus in eine Falle gegangen war. Ich glitt abwärts. Über ihrem Bauch, ihrem Schenkel, der sich gegen meine Wange hob, sah ich das Glitzern des Wassers, und dahinter nichts, denn die Häuser am anderen Ufer waren schon dunkel, ihre Bewohner schliefen. Der Hund bellte in der Ferne.

Vielleicht war es das Bellen des Hundes, das mich ins Jetzt zurückholte. Ich glaube nicht, daß ich irgendwann schon einmal etwas Schöneres gesehen habe als Ella in ihrer hingebungsvollen Pose. Die dumme Widerspenstigkeit war verschwunden. Die Sinnlosigkeit ihrer Existenz war vollkommen transzendiert. Ich hörte sie heiser sagen: »Jetzt, Joe«, und einen Moment später waren wir zusammen, verschmolzen, wie Blei mit Blei verschmilzt, und der Tau war an ihr und auf meinen Handrücken, wo ich sie hielt.

Später erhob sie sich aus dem Gras wie ein Tier, das sich schüttelt, um wach zu werden, und ich hatte mir eine Zigarette angezündet und stand ein Stück weg, mit dem Rükken gegen den Bretterzaun. Da bemerkte ich zum ersten Mal, daß der Himmel voller Sterne war.

Ich beobachtete, wie sie sich abklopfte. Sie tat es ungeduldig, oder besser gesagt, sie schien ungeduldig zu sein, denn ihre Bewegungen waren langsam, als wolle sie sich Zeit geben, um sich wieder ganz unter Kontrolle zu haben, bevor sie mich ansah. Ich beobachtete, wie sie sich ihren Mantel zuknöpfte.

»Die Polizei stellt Nachforschungen über diese Frau an«, sagte ich.

Sie sah zu mir hoch. »Wie kommst du denn jetzt darauf?«

»Wollte nur irgend etwas sagen.«

»Du hast heute abend schon genug gesagt«, bemerkte sie.

Ich konnte den Ausdruck auf ihrem Gesicht nicht erkennen.

»Tut es dir leid?«

»Das wäre ja noch schöner!«

»Wir sollten besser zurückgehen«, drängte ich. »Ich habe Leslie gesagt, du hättest eine Tasse Tee für ihn fertig, wenn er zurückkäme.«

»Tatsächlich!«

Sie beugte sich vor, strich sich mit der Hand über die nackten Beine. Als sie sich wieder aufrichtete, zog ich sie an mich und küßte sie. Einen Moment lang versuchten wir in der Dunkelheit, einander in die Augen zu sehen, und dann löste sie sich aus der Umarmung.

»Laß uns zum Kahn zurückgehen«, sagte sie. »Es wird Zeit.«

Sie wollte nicht, daß ich den Arm um sie legte, und weil der Treidelpfad nicht breit genug für zwei Personen war, die sich nicht eng umschlungen hielten, ging sie vorweg.

Während ich ihr folgte, fragte ich mich, welche Gedanken ihr wohl durch den Kopf jagten, ob sie es bedauerte, jetzt, da es geschehen war, oder ob sie diese Beziehung fortsetzen wollte. Ich wußte, daß Leslie ihr in dieser Hinsicht nicht viel zu bieten hatte. Sie hatte mir ihr Alter gesagt: dreiunddreißig. Wahrscheinlich war sie zwei Jahre älter. Ich überlegte, ob ich der erste war. Ich glaubte schon. Durch das Leben mit ihm auf dem Kahn war es nicht einfach für sie; sie waren fast immer unterwegs. Und überhaupt schien sie mir nicht der Typ Frau zu sein, der die Gelegenheit sucht. Sie war ein Snob. Und sie verachtete die Männer, zumindest bis jetzt, oder sie hatte nur so getan, mit ihrer vollen, sarkastischen Stimme, dumm und offensichtlich; aber bis zu diesem Zeitpunkt gab es für mich keinen Grund, ihr nicht zu glauben, denn selbst wenn sie es sich bewußt zur Gewohnheit gemacht hätte, Männer zu verachten, lief es auf das gleiche hinaus. Am Ende hätte sie es wirklich getan. Aber jetzt war ich mir nicht ganz sicher.

Wir kletterten auf den Kahn, gingen nach unten und machten das Licht an. Der Junge schlief. Die Paraffinlampe qualmte, das Glas war rußgeschwärzt, und sie beugte sich über den Tisch, um sie runterzudrehen.

Als das Lampenlicht auf ihr Gesicht fiel, stellte ich abermals fest, wie voll ihre Lippen waren. Sie war der Typ Frau, den ich mochte: reif, kräftiger Körper mit üppigem, opaken Fleisch. Ihr Haar war ziemlich glatt, obwohl sie es kurz geschnitten trug. Trotz der Tatsache, daß sie mir vorher nicht aufgefallen war, dachte ich, daß sie der Typ Frau war, den ein Mann wahrnehmen *mußte*, eine Frau, deren Körper noch jung war, nicht dick, aber wo sich Bauch, Hüfte und Brüste so abzeichneten, daß das brüchige und verwaschene Baumwollkleid, das sie umgab, zu bersten drohte. Hätte sie ruckartig ihren Oberkörper gedreht, so schien es, wäre die Baumwolle gerissen.

»Zu dumm, daß er zurückkommt«, sagte ich.

Sie war nun mit der Lampe fertig.

»Was?«

»Zu dumm, daß er zurückkommt.«

Ich nickte in Richtung Doppelkoje. Die Koje hatte etwas Verführerisches mit ihrer ausgeblichenen Bettdecke, die im warmen, gelben Licht der Paraffinlampe fast farblos wirkte. Durch die Trennwand hatte ich die Koje oft unter ihrem Gewicht knarren hören, und das eine Mal mitten in der Nacht hatte ich das satte, quälende Geräusch des schweren Ledergürtels gehört; Flüche, auch eine geflüsterte Unterhaltung, aber die Geräusche waren für einen Mann und eine Frau, die gerade miteinander schliefen, immer zu sporadisch und zu selten gewesen.

»Da drin«, sagte ich. »In der Koje.«

Sie lächelte mich zum ersten Mal an seit dem Moment, in dem ich meinen Körper von ihrem erhoben hatte.

»Du bist lieb, Joe«, sagte sie und drückte mein Handgelenk. Und dann drehte sie sich um und machte das Gas unter dem Kessel an. Ich setzte mich an den Tisch und sah auf die Zeitung von heute morgen.

»Hast du die Abendzeitung mitgebracht, Joe?«

»Nein, Leslie hat sie gekauft.«

»Was steht über die Frau drin?«

»Nicht viel. Nur daß die Polizei Nachforschungen anstellt.«

Sie zuckte mit den Schultern und sagte nichts mehr. Von meinem Platz aus konnte ich ihr Profil sehen. Ihr Gesicht war unbeweglich, der Kiefer mürrisch nach vorne geschoben, der Kopf nach unten geneigt, die Augen auf dem Kessel, als wolle sie ihn so zum Kochen bringen. Dahinter, auf den Planken der Trennwand, war ihr Schatten. Ich betrachtete dies einen Moment lang, dann widmete ich mich wieder der Zeitung. Der Junge schlief immer noch in der kleinen Koje gegenüber der Doppelkoje. Als ich wieder hochsah, rieb sich die Katze an ihren Knöcheln.

»Hast du Hunger?« fragte sie. Sie stand mit dem Rücken zu mir. Dann wieder ihre Stimme. »Ich könnte dir ein Spiegelei machen.«

Das war ein Geständnis.

»Nein, nicht jetzt, Ella. Nur eine Tasse Tee.«

Einen Augenblick später hörten wir Schritte auf dem Treidelpfad, und dann das Trampeln von Leslies Stiefeln an Deck.

»Da ist er«, sagte sie, ohne sich umzusehen, genau als Leslie rückwärts die Treppe in die Kajüte herunterkam. Er machte das manchmal so, obwohl die Stufen breit genug waren, um andersherum zu gehen. Ich vermutete, daß er noch ziemlich viel getrunken hatte, nachdem ich gegangen war.

Als er sich umdrehte, war mein erster Gedanke, daß er

über Ella und mich Bescheid wußte. Er sah uns an, sein Blick wanderte von einem zum anderen, wortlos. Dann zog er seinen Regenmantel aus und hängte ihn an einen Haken. Er setzte sich mir gegenüber an den Tisch und sah auf seine ineinander verschränkten Hände auf dem Tisch. Das Licht der Lampe unterstrich noch die vernarbte und staubbedeckte Oberfläche seiner Wurstfinger.

»Warum seid ihr so still?« fragte er.

»Schade, daß du es nicht auch bist«, sagte Ella, ohne sich umzudrehen.

Ich sah sie an. Es war, als sei sie plötzlich wieder sie selbst geworden. Sie zog sich ihre Schürze an. Als ich wieder zu Leslie hinüberblickte, bemerkte ich, daß sich auch sein Gesicht verändert hatte. Er hatte diesen verletzten, düsteren Ausdruck, den ein Betrunkener annimmt, wenn er Angst vor einer Frau hat und ihr nicht Kontra geben kann. Er sah mich aus dem Augenwinkel an.

»Was ist los, Leslie?« fragte ich.

»Ich weiß verdammt genau, was los ist?« sagte Ella schroff, immer noch mit dem Rücken zu uns. »Er hat mal wieder Geld beim Darts verloren. Dann kommt er zurück und will das Geld von mir wiederhaben! Halt bloß deine verdammte Klappe, Leslie Gault! Von mir kriegst du keinen Pfennig!«

»Ich habe noch nie Geld beim Darts verloren!«

»Du lügst!«

Er sah aus, als wolle er sie schlagen, aber dann besann er sich eines Besseren. Statt dessen sagte er mit einem ängstlichen Unterton in der Stimme: »Ist der Tee schon fertig?«

»Nur die Ruhe! Glaubst du vielleicht, du kommst mitten in der Nacht zurück, und wir stehen stramm, um nach deiner Pfeife zu tanzen?«

Leslie ließ den Kopf hängen. Ella hatte uns noch immer den Rücken zugewandt. Als ich sie jetzt ansah, wurde mir klar, daß man sie wie zwei Frauen betrachten mußte, seine und meine. Seine war hart. Ich konnte seine dumpfe Frustration nachvollziehen, hatte sogar Mitleid mit ihm. Meine hatte er möglicherweise nie kennengelernt. Es war schwierig, das, von dem ich annahm, daß es seine Erfahrung sei, mit der Frau in Einklang zu bringen, die eine halbe Stunde zuvor für mich an dem Bretterzaun ihren Bauch entblößt hatte und dann in meinen Armen hinunter ins Gras gesunken war.

Die Kabinenuhr, eine kleine Messinguhr, die über ihrer Koje angenagelt war, schlug zehn. Ella goß nun den Tee auf, und Leslie, der sich augenscheinlich von seinem Gesichtsverlust erholt hatte, fragte mich, was ich von dem schäbigen Zeitungsbericht über unseren Fund halten würde.

Ich sagte, daß es mich eigentlich gar nicht interessierte.

»Am Ende schnappen sie sie immer«, sagte Leslie.

Ich antwortete nicht. Ella schenkte uns Tee ein. Sie hatte ihre Schürze wieder ausgezogen, und ich spürte ihr Bein neben meinem unter dem Tisch. Ich legte meine Hand unter ihrem Kleid auf das Knie und ließ sie dort liegen, bewegte nur leicht meine Finger. Ihre warme Haut war geschmeidig wie Kitt. Sie unternahm keinen Versuch, mich zurückzuweisen. Aber sie ging auch nicht darauf ein oder zeigte irgendeine Reaktion. So saßen wir noch ungefähr eine halbe Stunde und sprachen zwanglos über dies und das, und dann ging ich zu Bett und ließ sie allein in der Kabine zurück. Ich konnte ihre Stimmen noch eine Zeitlang hören, als ich in der Koje unter meiner Decke lag, bis dann drüben plötzlich das Licht, das durch eine Fuge zwischen zwei Planken der Trennwand ein Stück unter meinen Füßen drang, ausgemacht wurde. Danach konnte ich nicht mehr verstehen, was sie sagten, aber es interessierte mich ohnehin nicht. Sie redeten, wie Ehemann und Ehefrau eben miteinander reden, und das hatte nichts mit Ella und mir und der Tatsache zu tun, daß wir etwas miteinander hatten. Leslie war ohne Bedeutung. Bald begann er zu schnarchen. Plötzlich kam mir die Idee, daß sie vielleicht das Risiko auf sich nehmen und mich in der Nacht besuchen würde, aber ich schob diesen Gedanken schnell beiseite. Sie würde es nicht tun. Ich lag noch eine Weile wach. Ich konnte immer noch ihre Haut an meiner spüren, wie zwei weiche Gummioberflächen, die aufeinandertreffen, und ich nahm an, daß auch sie mich noch spüren konnte, auch wenn sie mit einem anderen Mann in der Koje lag. In gewisser Hinsicht war sie gar nicht mit Leslie, sondern die ganze Zeit mit mir zusammen; ich spürte ihre Berührung, ihren Geruch, die Spuren auf meiner Haut und in meiner Nase, als ich einschlief.

Ich schloß die Augen. Ich lauschte, wie das Wasser gegen die Seite des Kahns plätscherte.

5. Kapitel

Das sanfte Plätschern des Wassers gegen den Schiffsrumpf war immer noch da, als ich wieder aufwachte, als hätte es in der Nacht über die Verbindung zwischen dem Zustand des Wachens und dem des Schlafens gewacht. Nur das Plätschern war noch dasselbe, denn in dem fahlen Lichtstreifen, der durch das Bullauge fiel, sah meine Kabine ganz verändert aus: Das Grau der Decke und der abgeplatzte Lack auf den Planken, die mich umschlossen, waren klar zu erkennen. Oft wenn ich aufwachte, hatte ich das Gefühl, in einem Sarg zu liegen, und jedesmal, wenn mir das passierte, erkannte ich einen Augenblick später, daß es sich nur um einen Denkfehler handeln konnte, denn man würde es nie visuell wahrnehmen können, von allen Seiten von Sargwänden umschlossen zu sein. Sobald man die Wände sehen konnte, sobald Licht eindrang, war man nicht vollkommen abgeschnitten, und damit wäre auch die Endgültigkeit des Sarges aufgehoben. Und dann nahm ich wieder das Geräusch des Wassers wahr und die fast unmerkliche Bewegung des Kahns.

An diesem Morgen erwachte ich von dem Duft nach gebratenem Speck und von Leslies Husten in der großen Kabine. Leslie hustete jeden Morgen. Man hätte meinen können, er huste sein Inneres heraus, ein tiefer, rasselnder Husten, der irgendwo weit unten in seiner Brust begann und in der Kehle endete, als hätten sich alle Gifte seines Körpers während der Nacht in den Lungen gesammelt.

Die Hustenkrämpfe hielten ungefähr fünf Minuten an, und dann hörte ich, wie er den Tabakrest aus seiner Pfeife an der Seite der Koje ausklopfte. Einen Moment später hatte er sie wieder gestopft und sog die flackernde Streichholzflamme in den schweren, süßen und schwarzen Tabak ein.

Ich aß ein Stück Schokolade, und als ich gerade das Papier zusammenknüllte, kam mir die Sache mit Ella langsam wieder zu Bewußtsein, eine kleine, messerscharfe Erregung über und hinter meinen Lenden. Ella. Ich war froh, daß der Tag gekommen war. Alles war anders, selbst meine Einstellung zum Kahn und zum Kanal. Das erste Mal seit Wochen freute ich mich darauf aufzustehen.

Kurze Zeit später öffnete Ella die Tür und kam mit meiner allmorgendlichen Tasse Tee herein. Sie brachte uns beiden jeden Morgen eine Tasse Tee ans Bett. Normalerweise kam sie in meine Kabine, stellte die Tasse auf der Obstkiste ab, die als Nachttischchen diente, und ging wieder hinaus. Normalerweise, wenn ich mir die Mühe machte, in ihr Gesicht zu sehen, sah ich Feindseligkeit darin, zumindest aber Ungeduld. An diesem Morgen war es anders. Ich sah, wie sie mit der Tasse in der Hand auf der Schwelle zögerte. Dann stellte sie die Tasse wortlos auf die Kiste, aber anstatt sofort wieder hinauszugehen, sank sie neben der Koje auf die Knie und fuhr mit ihrer Hand unter der Decke über meinen Körper und die Hüfte entlang. Ich wollte sie umarmen, aber sie wich mir lachend aus.

»Trink deinen Tee«, sagte sie.

Sie wartete, bis ich angefangen hatte zu trinken, bevor sie wieder nach draußen ging, und dann hörte ich ihre schweren Schritte auf dem Holzboden in der großen Kabine. Ich schloß meine Augen. Jedesmal wenn sie einen Schritt tat, sandte das Auftreffen der Füße auf dem Boden einen winzigen Schauer durch die Sehnen ihrer Beine hinauf zur unbestimmten, dehnbaren Masse ihrer üppigen Schenkel. Ich konnte sie beinahe wieder riechen. Plötzlich fühlte ich mich sehr entspannt.

Ich stand auf dem Deck. Ich sah zum Kanalufer hinüber, und da, ungefähr einhundert Meter entfernt, war der Zaun und der Streifen Gras, auf dem wir gelegen hatten. Etwa zwanzig Meter hinter dem Bretterzaun stand ein Cottage, das wir gestern nacht nicht bemerkt hatten. Wir hatten uns fast in seinem Garten geliebt.

»Nettes kleines Häuschen«, sagte Leslie.

Ich nickte.

Einen Moment lang sahen wir es beide an, und ich fragte mich, ob die Situation für Leslie genauso künstlich war wie für mich. Es war so, als hätten wir uns – da wir uns eigentlich nichts zu sagen hatten – stillschweigend darauf geeinigt, Interesse an der gleichen Sache vorzutäuschen. Denn wir beide mußten beim Anblick des Häuschens unterschiedliche Assoziationen haben, und ich dachte daran, daß Menschen oft auf diese Weise Kompromisse schlossen, einen offensichtlichen Berührungspunkt suchten, obwohl klar war, daß es keinen gab. Nur weil das offene Eingeständnis, daß kein Berührungspunkt existiert, die Überflüssigkeit des anderen impliziert und damit seine ganze Existenz untergräbt. Aus diesem Grund betrachteten wir zusammen das gleiche Cottage, und ich sagte: »Es bräuchte dringend ein neues Schieferdach.« Und Leslie nahm, vielleicht unbewußt, den Faden wieder auf und sagte, daß Schieferplatten heutzutage viel Geld kosten würden, und so glitt das Schiffchen zwischen uns immer hin und her, keiner wollte diesen Mechanismus unterbrechen, zumindest nicht, bevor sich ein anderer Berührungspunkt bot. Was wir sagten, war trivial, nicht aber, *wie* wir es sagten. So war es oft zwischen Leslie und mir, und seit der vergangenen

Nacht war die tatsächliche Distanz zwischen uns sogar noch unermeßlich viel größer geworden, denn ich wußte etwas, das ihn in seiner Intimsphäre betraf, und konnte nicht mit ihm darüber reden.

Das Gespräch kam an diesem Morgen nur schwer in Gang. Leslie hatte eine Arbeit für uns, ich weiß nicht mehr genau, was es war, etwas mit Hammer und Nägeln, und Ella kam mit ihrem Einkaufskorb an Deck, als wir gerade damit angefangen hatten. Sie sah uns eine Zeitlang zu und ging dann wortlos von Bord und am Kanalufer entlang bis zu der Straße, die außerhalb unserer Sichtweite hinauf zur Kirche führte. Leslie war mehr bei der Sache als ich. Während ich mich über das Holz beugte, beobachtete ich, wie Ella mit dem seitlich schwingenden Einkaufskorb davonging. Ich könnte Frauen stundenlang beim Gehen zusehen, vor allem, wenn sie so laufen wie Ella, mit langsamen, schweren Bewegungen und einem Federn in den Schritten, das nicht an die Oberfläche kommt, sondern in den Schenkeln und Hüften vibriert wie eine Kraft, die in Schach gehalten wird.

»Paß auf deinen Daumen auf«, sagte Leslie, »oder ich säg ihn dir ab.«

Er grinste mich an, und als ich nach unten sah, bemerkte ich, daß ich eine Planke für ihn festhielt und Leslie eine große Säge in den Händen hatte. Das überraschte mich, denn ich war mir zuvor weder der Säge bewußt gewesen noch der neuen Haltung, die ich eingenommen hatte. Ich schob meine Hand ein Stück zur Seite.

Die Säge fraß sich in das Holz.

»Glaubst du, es wird regnen?«

Ich sah nach oben. Der Himmel zog sich gerade zu, als würde ein Teil von ihm an den Enden allmählich durch einen anderen Teil eingefärbt, während das grelle und ziemlich kalte Licht der Sonne, soeben verdeckt, zurückgeworfen wurde und hinter dem dunkleren Teil aussah wie gesprungenes Glas.

»Scheint so«, sagte ich.

»Laß uns nach unten gehen und eine Tasse Tee trinken«, sagte Leslie. »Wir haben hier sowieso nicht mehr viel zu tun.«

Das Wasser auf dem Kanal war kabbelig.

Wir tranken Tee, als Ella zurückkam. Sie war in den Regen gekommen, naß bis auf die Knochen, sagte sie, und stellte sich hinter mich, um sich umzuziehen. Leslie las die Zeitung, die sie mitgebracht hatte, ließ sie einen Augenblick sinken und bemerkte: »Kein Wort darüber, Joe. Einer alten Frau in Paisley wurde der Schädel eingeschlagen, aber nichts über unsere.«

Hinter mir konnte ich hören, wie Ella sich bewegte, wie sie anscheinend die Luft anhielt und wieder ausstieß, als sie in die trockenen Kleider geschlüpft war, und ein gleitendes, sanftes, leicht schabendes Geräusch, als der Stoff über ihre Beine und Schenkel gezogen wurde. Ich sog den Geruch ein, der typisch ist für Körper, die regendurchnäßte Kleider getragen haben. Ich kämpfte gegen den Impuls an, mich umzudrehen. Dann hörte ich ihre Stimme:

»Was geht es dich an? Kannst du die Tote nicht in Ruhe lassen?«

Leslie gab nur ein unverständliches Grunzen von sich. Als er wieder den Mund aufmachte, sagte er, daß die alte Frau noch drei Tage nach ihrem Tod im Sessel gesessen hatte, und hätte der Milchmann nicht bemerkt, daß die Milch einfach vor der Tür stehenblieb, und die Polizei benachrichtigt, säße sie vielleicht immer noch tot und mit eingeschlagenem Schädel in ihrem leeren Haus.

»Komisch, oder?« sagte Leslie fröhlich. »Manchmal weiß man nicht, was direkt vor der eigenen Nase passiert.«

Das Mittagessen verlief wie immer. Ich berührte Ella einmal unter dem Tisch. Sie errötete ein wenig und aß dann weiter. Der Junge quatschte ohne Unterbrechung, aber niemand von uns interessierte sich für das, was er sagte. Als wir wieder an Deck kamen, war der Regen vorüber, aber über den Feldern und dem Kanal wehten weiße Dunstböen, kein Regen, aber feucht und stürmisch und nur sichtbar, wenn sie durch den starken Wind zusammengeballt wurden. Es war eine belebende und unsichere Stimmung.

Als ich am Steuerrad stand und wir langsam den Kanal entlangfuhren, übertrug sich diese Unsicherheit auf mich. Ich konnte es kaum erwarten, wieder mit Ella zusammenzusein, und ich fragte mich, was sie wohl tat und ob sie da unten auch zappelig und ungeduldig wartete. Ich stellte mir die warme Kajüte vor, das Holz, das Leder, den Ofen. Wäre ich allein mit Ella auf dem Kahn gewesen, hätte ich am Ufer festgemacht. Unten in der Kabine hätten wir von dem Wetter zwar auch etwas mitbekommen, wären ihm aber nicht ausgesetzt gewesen. Der Kahn hätte leicht geschaukelt, wenn sie nackt neben mich in die Koje geklettert wäre.

Später am Nachmittag kam Ella an Deck und hängte ein paar nasse Küchentücher auf. Sie kam dafür in die Nähe des Hecks, wo sich das Steuerrad befand, und so hatte ich die Gelegenheit, ein paar Worte mit ihr zu wechseln, aber sie war ausweichend, tat so, als würde sie bei dem Wind nicht alles hören, was ich sagte, und sobald sie alle Küchentücher aufgehängt hatte, verschwand sie wieder nach unten. Ich hatte den Eindruck, daß sie mir aus dem Weg ging. Dann kletterte auch Leslie nach unten. Ungefähr zehn Minuten später kam er mit einer Tasse Tee für mich wieder an Deck. Er übernahm das Steuerrad, während ich trank und meine Augen wieder über die Landschaft wandern ließ, wo sich die von weißen Wolkenfetzen umgebenen Bäume und Felder im Wind bogen, als fege ein unsichtbarer Besen über sie hinweg.

Gegen Abend kam Clowes in Sicht: eine weitere kleine Kanalstadt, ein bißchen industrieller als Lairs.

Den Jahrmarkt entdeckten wir sofort. Die Festzelte waren auf den Wiesen am linken Kanalufer aufgestellt worden, und die Drehorgelmusik war schon zu hören, lange bevor wir sie, die Stände oder die bunt angemalten Wohnwagen und Lkws sehen konnten. Jim befand sich wie immer auf seinem Platz am Bug, nur daß er jetzt ganz aufgeregt war und wie wild herumgestikulierte. Kurz darauf ging Leslie zu ihm nach vorne, sie sprachen miteinander, und dann hob er den Jungen auf seine Schultern, damit er einen besseren Überblick hatte. Auch Ella kam nach oben, spähte fragend aus der Luke hervor. Sie hatte die Musik gehört.

Ich erkannte, daß eine Wiese heute abend nicht in Frage kam, selbst wenn ich es schaffen sollte, Leslie vom Kahn wegzulocken und selbst früher zurückzukommen. Ich spürte, wie Ella mich erst ansah und dann schnell zur Seite blickte. Sie hatte etwas an mir auszusetzen. Das fühlte ich. Seit sie nach oben gekommen war, um die Küchentücher aufzuhängen, litt ich unter dem Gefühl, daß sie sich mir entzog, so als hätte ich schon den ganzen Nachmittag über leichte Zahnschmerzen. Ihr Blick und die Art, wie sie sich von mir abwandte, ohne ein Zeichen und ohne etwas zu sagen, nährten diesen Zweifel. Ich hätte sie fast gerufen, aber als sie wieder nach unten verschwand, war ich froh, daß ich es nicht getan hatte, denn ich hätte nichts zu sagen gewußt. Leslie kam auf dem Deck in meine Richtung.

»Hast du gesehen?« sagte er und deutete mit dem Kopf in Richtung Jahrmarkt.

Ich nickte.

Leslie setzte sich neben mich, und wir sahen beide hinüber und hörten auf die Musik. Dann entdeckten wir auf dem Treidelpfad, nicht weit vor uns, einen Mann. Er saß auf dem Grasstreifen, vornübergebeugt, mit hochgezogenen Schultern, das Kinn auf der Brust. Er blickte nicht auf, als wir näher kamen.

»Ein Penner«, sagte Leslie.

»Nicht mehr viel von ihm übrig.«

Leslie sah mich an.

»Der Penner«, sagte ich, »sieh dir seine Schuhe an.«

Zwei weiße Stöcke, nackte Schienbeine ohne Strümpfe, steckten in zerschlissenen Stiefeln wie ein schmaler Nacken über einem Kragen.

Der Mann trug einen Hut. Sein Kopf blieb geneigt, als wir vorüberfuhren.

»Der hört uns nicht«, sagte Leslie.

»Es interessiert ihn nicht.«

Leslie klopfte seine Pfeife auf dem Deck aus.

»Vogelscheuche«, sagte er.

»Armer Kerl.«

»Einer, der nicht arbeiten will«, sagte Leslie.

»Hier gibt's nicht viel Arbeit«, sagte ich.

»Krähenfutter«, sagte Leslie.

»Dem Regen schutzlos ausgeliefert, Leslie.«

»Du würdest dich wundern«, sagte Leslie. »Ein paar Nächte im Freien, dann sind die abgehärtet.«

Und wir drehten uns beide nach ihm um, aber der Mann hatte sich nicht bewegt. Er war an der Hüfte zusammengeklappt wie ein Taschenmesser, als wäre es das letzte Mal.

»So wie er dasitzt, könnte er tot sein.«

Leslie lachte ungläubig.

»Du hast wohl noch nie einen toten Penner gesehen«, sagte er. »Die sterben nicht wie wir.«

»Wer begräbt sie?«

»Armengrab«, sagte Leslie. »Aber die sterben nicht im Freien. Sie gehen zum Sterben in ein Gebäude.«

Die Musik vom Jahrmarkt war jetzt lauter, und wir konnten die Messingstangen vom Karussell sehen, wie sie sich hoch und runter wanden. Schwach glänzendes Gold.

»Nicht mehr weit«, sagte Leslie. »Wir machen da drüben fest.« Er zeigte mit seiner Pfeife auf die Stelle. »Da, direkt hinter den Bäumen.«

»Glaubst du, er ist gerade gestorben?«

»Wer?«

»Der Penner.«

»Wahrscheinlich betrunken. Sollen wir heute abend rüber zum Jahrmarkt gehen, Joe? Was meinst du?«

»Klar«, antwortete ich, »ist vielleicht ganz interessant.«

Leslie hatte sich noch einmal umgedreht.

»Da geht er«, rief er. »Mein Gott, sieh dir das an!«

Der Penner war aufgestanden. Immer noch vornübergebeugt, die Hosenbeine eng um die Waden geknautscht, bewegte er sich in die andere Richtung, eher wie eine Windmühle und nicht wie ein Mensch.

Ein paar Minuten später hatten wir angelegt. Dann rief uns Ella hinunter zum Tee. Sie hatte dem Jungen die Haare gebürstet. Sie waren an den Enden noch feucht und standen wie Stiele von seinem flachen Kopf ab.

»Du könntest zur Abwechslung einmal an deinen Sohn denken und nachher mit ihm auf den Jahrmarkt gehen«, sagte Ella.

»Was ist mit dir?«

»Ich hab noch zu tun. Nimm du den Jungen mit.«

Ella hatte mich nicht angesehen, seit ich nach unten gekommen war, aber das war mir gar nicht aufgefallen, bis sie etwas sagte, weil ich fast ausschließlich über den Penner nachgedacht hatte und darüber, an wen er mich erinnerte.

Es war keine direkte Ähnlichkeit, aber es gab da irgendeine Verbindung. Etwas vage Vertrautes. Erst später war ich in der Lage, es genauer zu benennen. Das Vertraute waren die außer Kontrolle geratenen Gliedmaßen, war das Fehlen von etwas, was eigentlich hätte da sein müssen, und dessen Fehlen mehr aussagte als das, was noch da war, und einen tiefer, fast persönlich berührte, und das Gefühl vermittelte, das Unmenschliche zu sehen. Tote und Krüppel sind so, und der Penner war es auch. Als er in die andere Richtung davonging, zitterte ein weißes Lichtdreieck zwischen seinen krummen schwarzen Beinen, seine im Rücken abgestützten Arme ließen den Oberkörper wie eine Knollenwurzel aussehen, und der Kopf, nur eine Verdickung unter der Hutkrempe, blickte in keine Richtung, als ob die Richtung unerheblich sei – so wie der Kanal, die Zeit und der Kahn, der vorbeigefahren war, als er zusammengekauert auf dem Grasstreifen saß, ebenfalls unerheblich waren. Alles, außer der unnötigen Bewegung, mit der er gerade beschäftigt war und die nicht seine eigene war, denn irgendwie war der Mann nicht daran beteiligt. Inzwischen ähnelte er in meiner Erinnerung der Wasserleiche, die nur eine Bewegung der Glieder gewesen war, weniger starr als seine Bewegungen, aber auf eine Weise identisch, die jeden Irrtum ausschloß.

Als Ella redete, gab ich es auf, nach der Verbindung zu suchen. Als ich sie ansah, hatte sie die Tasse an die Lippen gesetzt, und sie berührten vorsichtig die Oberfläche des Tees, drückten sie gleichzeitig weg und sogen sie ein. Sie stierte vor sich hin.

»Ich kann an Bord bleiben, wenn du gehen möchtest«, sagte ich leichthin.

Ich wußte, daß sie ablehnen würde, aber ich wollte sie daran erinnern, daß ich da war, falls sie es vergessen haben sollte; aber irgendwie schreckte ich davor zurück, sie unter dem Tisch zu berühren. Zwischen uns befand sich eine Wand, plötzlich und unerklärlich. Offensichtlich war ihre Leidenschaft für mich auf unbegreifliche Weise verbraucht.

»Ich habe keine Zeit«, sagte sie. »Du kannst auch gehen.«

»O. K., laßt uns gehen«, rief Leslie begeistert, und da er vielleicht merkte, daß sich meine Begeisterung in Grenzen hielt, fügte er hinzu: »Wir müssen ja nicht lange bleiben, Joe. Nur ein bißchen die Beine vertreten.«

»Klar«, sagte ich. Und mir fiel auf, daß Ella dann allein auf dem Kahn sein würde.

Der bunte Lichterring drehte sich im Kreis. Ein Mann sprach in ein Megaphon. Die geöffneten Buden sahen aus wie strahlendgelbe, lachende Münder. Die Drehorgelmusik war wie eine Decke über den Lichtstreifen, die von den Glühbirnen geworfen wurden. Die Balken der Achterbahn schossen auf der linken Seite in die Höhe. Leslie ging voran, schob sich durch die Menge, drehte sich um, grinste mich über Jims Kopf hinweg an und bahnte sich dann weiter seinen Weg.

Dann rollte an einem Stand der Penny die Rutsche hinunter und blieb auf dem Feld »4d« liegen. Die Frau warf vier Pence über den Spieltisch mit den Kästchen. Leslie gewann sie.

»Gewinne immer«, sagte er.

Über uns, über allem war die Nacht tiefblau. Auf dem Schild über der Bude war zu lesen »Gebrüder Abbott«. Es war voller Schlamm und Farbe. Der Mann links neben mir drückte sich gegen mich, er war ein Schrank und roch nach Brillantine und Tabak. Leslie hatte verloren. Sein letzter Penny landete auf der Trennlinie zwischen zwei Zahlen. Er rief nach Wechselgeld. Die Frau mit dem Mondgesicht und dem krausen blonden Haar schien durch die Bude in meine Richtung zu schwimmen. Der Mann neben ihr, ein kleiner, dünner Mann mit einem bleistiftdünnen, schwarzen Schnurrbart, in Hemdsärmeln und mit einem speckigen, schwarzen Schlapphut sah zum Karussell hinüber: ihr Mann.

»Fünf Pence«, sagte Leslie und deutete darauf.

Es regnete. Ich hatte es schon vor ein paar Minuten bemerkt.

»Tut mir leid! Er liegt auf der Linie, wie Sie deutlich sehen können! Die Münzen dürfen die Linie nicht berühren!«

»Es regnet, Les.«

»Miese Straßenräuber«, brummte Leslie. Er sah jetzt, daß keine seiner Münzen richtig lag.

»Ich habe noch vier Pence«, sagte Jim.

Die Schulter rempelte mich an. »Tut mir leid«, sagte sie.

»Es regnet, Les.«

Am Ende der Menschentraube ruderte jemand mit den Armen. Ich beugte mich vor unter das Dach des Wagens, um nicht länger im Regen zu stehen, der kalt hereinspritzte. Ich dachte an Ella. Jim hatte drei Pence gewonnen. Die Pennies kamen zu ihm zurück. Plong, plong, plong. Das Karussell hatte angehalten. Die Menschen klappten ihre Kragen hoch und stiegen schnell ab.

»Es regnet, Les.«

»Was?«

»Regen«, sagte ich, präsentierte es wie ein Zauberer auf meinem Handteller.

In diesem Moment berührte mich die Hand des Mannes, der eben mit den Armen gerudert hatte, an der Schulter. Ich drehte mich um. Ein schwarzes Gesicht mit weißen Zähnen, einer davon golden, lächelte mich an. »Entschuldigung, gehören Sie zusammen?« Er deutete über meine Schulter. »Leslie!«

Leslie drehte sich um.

»Bob! Bob Mabuski! Was zum Teufel machst du denn hier?«

Sie schüttelten sich über Jims Kopf hinweg die Hände.

»Ich hab aufgehört. Ich lebe jetzt hier«, sagte Mabuski.

Der Regen wurde stärker.

»Der wird nicht lange dauern«, sagte jemand.

»Ich habe sieben Pence«, sagte Jim.

»Auf dem Kanal. Wir fahren morgen weiter«, sagte Leslie gerade.

Menschen hasteten unter ihren Schirmen vorüber. Drei eilten zusammengedrängt unter einem Regenmantel vorbei.

»Laßt uns irgendwohin gehen, wo es trocken ist.«

Sein Freund Mabuski ging voran. Unter dem hohen Gerippe der Achterbahn fanden wir Schutz. Leslie stellte mich Bob vor. Sie hatten für die gleiche Firma gearbeitet, waren aber nie auf demselben Schiff unterwegs gewesen. Sie gerieten ins Schwärmen bei der Erinnerung an irgendein Hafenstädtchen im Fernen Osten, Miki oder Kiki, ein Kohlehafen, in dem quasi jedes Haus ein Bordell war. Ein paar Minuten später war der Jahrmarkt wie ausgestorben, abgesehen von ein paar Leuten, die es vorgezogen hatten, sich bei den Buden unterzustellen. Der Regen wurde immer stärker, und im Gras bildeten sich schnell Pfützen. Die Musik wurde abgedreht. Wir lauschten auf das Prasseln des Regens.

»Es kann nicht mehr lange dauern«, sagte Leslie.

Jim war todunglücklich.

»Mach dir nichts draus, Sohn, wir kommen ein andermal wieder.«

»Ich will noch nicht nach Hause«, jammerte Jim.

»Wie geht's deiner Frau, Leslie?« fragte Mabuski.

Die Feuchtigkeit stieg auf und mit ihr ein Duft nach Regen und Gras, der sich um unsere Hosenbeine verbreitete.

»Gut, Bob. Und deiner?«

»Sie ist schwanger.«

»Ach!«

»Wir sind auf der Suche nach einem Häuschen. Haben eine Wohnung, aber die ist nicht groß genug mit dem Kind.«

»Klar«, sagte Leslie. Er starrte hinaus auf den Regenvorhang. »Wir probieren es gleich mal und rennen einfach los. Ob sie den Kleinen in den Pub lassen?«

Bob schüttelte den Kopf. Im gedämpften Licht sah sein Haar gräßlich aus, und die Regentropfen liefen langsam von den Schläfen hinunter über seine Wangen. Wie verregnete Mauern, dachte ich für einen Moment.

»Wohin können wir dann gehen?«

Bob schüttelte wieder den Kopf. »Ich würde euch ja mit

zu mir nach Hause nehmen, aber meine Frau hat sich hingelegt. Sie ruht sich aus.«

»Ich will noch nicht nach Hause«, sagte Jim.

»Mist, was für ein Abend!« sagte Leslie.

»Du könntest mit ihm ins Kino gehen«, sagte Bob. »Es gibt zwei Kinos in der Stadt.«

»Möchtest du gerne ins Kino?«

Jim sagte ja, er wolle nur nicht nach Hause. Leslie fragte mich, ob ich mitkommen würde. Die Lichter des Karussells wurden plötzlich ausgemacht, und nun stand es da, ein Stück entfernt, wie eine Eistüte, gespenstisch ruhig. Eine Stimme sagte: »Wo ist die verdammte Plane?« Offensichtlich hatten sie sich entschieden, für heute dichtzumachen.

»Laßt uns besser gehen«, sagte Leslie. »Was ist mit dir, Joe? Kommst du mit?«

»Ins Kino?«

»Ja.«

»Nein, danke«, sagte ich. Ich steckte mir eine Zigarette an, schützte das Streichholz mit meinen Händen. Die Hände vor meinen Augen waren dieselben Hände, die Ellas Körper hochheben und ihn dazu bringen würden, daß er sich wie ein offenes Buch aufklappte, der Rücken nach oben gewölbt. Das gab mir ein seltsames Gefühl. Das Streichholz ging aus, und ich ließ meine Hände sinken.

»Was willst du tun?«

Hatte er einen Verdacht? Das konnte ich mir nicht vorstellen.

»Mach dir um mich keine Sorgen«, sagte ich. »Ich begleite euch noch in die Stadt, trinke ein Gläschen und gehe dann zurück zum Kahn. Ich hab ein gutes Buch.«

Der Regen ließ nach und hörte ganz plötzlich auf, als habe der Wettermann im Himmel den Hahn zugedreht.

»Weiß nicht, wie du diese Dinger lesen kannst«, brummte Leslie.

»Kommt, laßt uns gehen«, sagte Bob. »Vielleicht fängt es gleich wieder an. Wir sollten uns beeilen.«

Wir ließen die Achterbahn hinter uns, alles tropfte, Seile, Balken, Bäume, und der aufgeweichte Rasen patschte unter unseren Füßen.

»Paßt auf, wo ihr eure Quanten hinsetzt«, sagte Bob. »Es ist nicht weit. Da lang. Folgt mir!«

Die Stimme hätte auch von einem professionellen Reiseleiter stammen können. Wir gingen zwischen zwei Reihen von Buden hindurch. Immer mehr Lichter gingen aus. Der ganze Jahrmarkt machte jetzt zu.

»Pech für sie«, sagte Leslie.

»Jetzt diese Straße hinauf«, sagte Bob. »Es ist nicht weit.«

Er ging vorneweg, mit schnellen Schritten. Leslie und der Junge folgten. Ich bildete das Schlußlicht. Die Luft war nach dem Regen angenehm, wie die Luft, die nachts vom Meer über das Land weht, und die rauschenden Hecken an beiden Straßenseiten tropften sachte.

»Gibt es einen Pub in der Nähe des Kinos?« fragte Leslie.

Ich konnte Bobs Antwort nicht verstehen. Am Ende der Straße sah man Lichter, eine hohe Straßenlaterne und Fenster wie viereckige Augen.

»Sind gleich da«, sagte Bob und strich sich mit einem dunklen Finger über seinen kittfarbenen Hals. Er sah aus wie die Unterseite einer Schildkröte. Seine grauen Wildlederschuhe waren schwarz vom Regen.

Auf dem Rückweg ging ich die Hauptstraße entlang, die so gut wie ausgestorben war. Das Kanalufer würde auch ausgestorben sein. Schotter und Regen. Das Deck des Kahns rutschig. Ich fühlte mich frei, zum ersten Mal seit dem frühen Morgen. Der Jahrmarkt war mir wie ein Alptraum vorgekommen, ein privates Melodrama: Ich kam darin vor, ohne wirklich dazuzugehören, da es nichts mit mir zu tun hatte, aber ich war derart verstrickt, daß ich von mir selbst, meiner eigenen Richtung wie abgeschnitten war. Und nun, plötzlich, sobald ich die anderen verlassen hatte, spürte ich, daß ich nicht mehr zu etwas gezwungen war, und die Welt begann wieder *für mich* zu existieren, nicht wie ein fremdes Element, das man von außen betrachtet, sondern wie ein Klima, in das ich eintauchen konnte, und Teile dieser Welt waren die Verlängerung meiner selbst, oder, anders ausgedrückt, sie setzten mich fort, und ich setzte sie fort.

Es war kälter geworden. Ich knöpfte mir im Gehen die Jacke zu. Ich dachte an das krause, blonde Haar der Frau, die mir gegenüber in der Bude gestanden hatte, und dann an das vogelhafte Zucken des Penners. Da fiel mir ein, daß er mich an die tote Frau erinnerte. Etwas, das fehlte. Und das, was da war, ließ auf das schließen, was fehlte.

Es hatte nicht wieder angefangen zu regnen. Ich ging am öffentlichen Pissoir vorbei und spürte die feindseligen Blicke einiger Typen, die dort herumhingen. Ich fand es seltsam, daß sie sich ausgerechnet diesen Ort ausgesucht hatten, um allein oder in kleinen Gruppen rauchend die Zeit totzuschlagen. Einer von ihnen lachte. Er hatte irgendeinen Kommentar von sich gegeben, der mir entgangen war. Ein Polizist fuhr auf einem Fahrrad vorbei. Komisch – Polizisten fallen mir *immer* auf. Die Reifen zischten auf der nassen Straße und schleuderten schmutzige Wasserspritzer hoch. Sein Umhang blähte sich an seinem Rücken auf wie ein Zelt. Ich vermutete, er war auf dem Weg nach Hause.

Dann ging ich die Straße zwischen den Hecken hinunter. Rotdorn, glaube ich. Ich konnte die Tropfen hören, die ins Gras fielen, Adlerfarn zu beiden Seiten. Eine Katze tauchte aus dem Graben auf, schoß über die Straße und schlüpfte durch die Hecke auf der anderen Seite. Jemand ging vor mir in die gleiche Richtung. Ich wußte das, weil seine Schritte nicht lauter wurden. Ich fragte mich, wer das sein konnte. Ich ging ein bißchen langsamer, bis er außer Hörweite war. Ich überquerte den Jahrmarkt. Natürlich. Da war er hingegangen. Ein paar Lichter waren noch an. Ich hörte eine Frau lachen. Es war Ellas Lachen nicht ganz unähnlich, laut und hemmungslos, das Lachen der Armen. Etwas weiter hörte ich, wie zwei Männer sich leise hinter der Hecke unterhielten. Bis ich an den Kanal kam, war alles ruhig, abgesehen von der mehrdeutigen Präsenz des Kanals an sich. Es gibt eine besondere Geräuschkulisse für Binnengewässer bei Nacht, eine Ausstrahlung, die weder genau Geräusch noch Geruch ist. Sie ist eher Berührung: Sie berührt einen an den Poren. Es war kein Mensch auf dem Treidelpfad. Ich ging vorsichtig den Pfad entlang und an Bord des Kahns.

In der Kabine war es dunkel und totenstill, außer dem Ticken der Uhr über ihrer Koje. Sie war schon ins Bett gegangen.

Ich tastete mich wie ein Blinder mit ausgestreckten Armen durch die Kajüte. Ich fand einen Stuhl und setzte mich. Als sich meine Augen allmählich an die Dunkelheit gewöhnt hatten, nahm ich Ellas Atemzüge wahr. Sie lag in der Doppelkoje, und aus irgendeinem Grund war ich mir sicher, daß sie nicht schlief. Sie mußte wissen, daß ich es war. Sie mußte mich gehört haben, als ich den Niedergang heruntergekommen war.

»Ella!« Meine Stimme war leise.

Sie antwortete nicht. Das Zifferblatt spiegelte undeutlich das wider, was jenseits des Glases eine Ewigkeit zu sein schien, als wäre dort ein Tunnel, der in eine dunkle Ferne führte. Ich sah Ellas Umrisse unter der Decke, die Tischkante, die Paraffinlampe, dunkle Massen unterschiedlicher Dichte an meinen Ellbogen, meinen Füßen und auf der anderen Seite der Kabine. Ein Block hellerer Dunkelheit kam vom Niedergang herunter.

»Ella!« Diesmal lauter.

Ich streckte meine Hand aus und berührte ihre Schulter. Erst in diesem Moment begriff ich, daß sie weinte, kein lautes Schluchzen, sondern leise in ihr Kopfkissen. Ich wußte nicht warum. Meine Finger, die sich nun ihrer eigenen Unbeholfenheit bewußt waren, lagen noch immer auf ihrer Schulter.

In diesem Moment bewegte sie ihren Arm.

»Geh weg, Joe! Ich will dich nicht sehen!«

»Du bist verrückt«, sagte ich unsicher. Ich war verwirrt.

»Geh weg, Joe!«

»Um Gottes willen!«

Während ich das sagte, machte ich einen Schritt nach hinten, und mein Arm stieß gegen die Glaskugel der Öllampe. Sie kippte um und fiel hinunter. Das Glas zersplitterte, als es auf den Boden aufschlug.

»Sieh doch nur, was du gemacht hast!« Sie setzte sich auf.

»Ich kann überhaupt nichts sehen«, sagte ich. »Warte, bis ich ein Streichholz angezündet habe.«

Ella kletterte aus der Koje.

»Gib sie mir«, sagte sie in scharfem Ton, »und geh mir aus dem Weg, bis ich das weggemacht habe.«

Ich spürte, wie sie mir die Streichholzschachtel aus den Händen schnappte, und eine Zehntelsekunde später entzündete sich ein Streichholz in ihren Fingern. In dem plötzlichen, kurzen Aufflammen des Streichholzes konnte ich sie deutlich erkennen, ihren Schatten auf der Holzverkleidung und die Uhr mit dem Messingring. In diesem Moment schlug die Uhr neun, und das leise, scheppernde Läuten wurde durch das Künstliche der Situation noch betont. Das Streichholz ging aus, und sie zündete ein zweites an. Sie beugte sich nach vorne, versuchte die heruntergefallene Lampe zu finden. Die Kabine war erfüllt von dem durchdringenden Paraffingeruch.

»Sie läuft aus«, sagte sie.

»Hast du keine Kerze?«

»Jim hat die letzte genommen. Ich muß wieder welche kaufen.«

Sie schien nicht zu bemerken, daß ich sie beobachtete. Sie trug ein ziemlich weites weißes Unterkleid, das an losen Trägern von ihren Schultern hing, so daß ich den Ansatz ihrer Brüste und die korkfarbenen Brustwarzen im Schein des Streichholzes deutlich erkennen konnte. Um ihren entspannten Bauch lag das Kleid enger an und endete ein Stück oberhalb der Knie wie ein schlechtsitzender Vorhang. Ihre dicken, fleischigen Beine über den breiten Füßen standen fest auf den Holzplanken des Schiffsbodens, und ihr kräftiger Oberarm schwenkte hin und her, als sie das Streichholz mit ihren Händen umschloß, um den Lichtstrahl nach unten zu senden. Ich bemerkte, daß sie ein Muttermal an der Seite hatte, fast in der Achselhöhle, wo das Haar dicht und in kleinen Büscheln wuchs. Sie roch nach Wärme, nach Schlafschweiß und Bett.

»Paß auf deine Füße auf«, sagte ich sanft. »Sonst schneidest du dich.«

Sie machte die Lampe ausfindig.

»Siehst du den Handfeger irgendwo?« sagte sie und drehte sich zu mir um.

Ich verstellte ihr den Weg.

»Joe . . .«

»Sie werden erst in ein paar Stunden zurückkommen«, sagte ich. »Ich habe sie zum Kino gebracht.«

Sie wollte gerade protestieren, aber als ich mich gegen sie drängte, schnappte sie nur nach Luft. Ich hielt sie fest, meine Daumen massierten das feuchte Haar in ihren Achselhöhlen, meine Finger lagen wie Klauen auf dem weichen Fleisch ihrer Schultern. Sie sträubte sich nicht. Meine Hände fielen auf ihre Hüfte, zogen sie an mich heran, so daß ihr üppiger Unterleib sich gegen meinen bekleideten Körper drückte. Sie vergrub ihren Kopf in meiner Schulter.

Danach lagen wir unter der rauhen Decke und hielten einander im Arm (sie wollte nichts davon wissen, sich richtig zwischen die Laken zu legen), ihr Unterleib und ihre Hüften waren mit einer dünnen Schweißschicht bedeckt. Wir atmeten im gleichen Takt tief ein und aus, so daß sich unsere Körper berührten und wieder voneinander trennten und nur ein leichtes Prickeln auf unserer Haut zurückblieb.

Draußen begann es zu regnen. Wir konnten hören, wie der Regen sanft auf das Wasser, den Kies und das Holz tropfte. Zusammen mit unseren Atemzügen bildete er eine Geräuschkulisse, der wir lauschten, während wir einander im Dunkeln ansahen, mit weitgeöffneten Augen, vertieft in die eigenen Gedanken.

Zweiter Teil

1. Kapitel

Geh zurück an den Anfang.

Es ist eine dumme Sache, oder besser, es *war* eine dumme Sache. Gott sei Dank, daß einem so etwas wohl nur einmal passiert.

Ich wollte über Ella reden, darüber, wie die Sache mit ihr plötzlich passierte, wie ein genialer Einfall, an dem Tag, als wir die tote Frau aus dem Fluß zogen. Aus diesem Grund, und nicht um die Sache noch komplizierter zu machen, habe ich nichts von Cathie gesagt. Letzten Endes war mir auch nicht klar, wie sie sich in das Bild fügte. Natürlich war sie die ganze Zeit über präsent, aber Sie konnten es nicht wissen. Sie war die Leiche.

Fast hätte ich gesagt, *meine* Leiche. Aber eine Leiche gehört im Grunde genommen niemandem, und obwohl ich einen gewissen Anspruch auf Cathies Körper hätte erheben können, als sie noch lebte, möchte ich glauben, daß ich auf ihre Leiche keinen Anspruch habe, nicht einmal den des Mörders.

Ich habe Cathie umgebracht. Es hat keinen Sinn, das abzustreiten, da mir niemand glauben würde. Die Polizei, mit ihrer gewohnten Sensationshascherei, begann sofort, die Möglichkeit eines unnatürlichen Todes zu untersuchen. So stand es wenigstens in den Zeitungen. Eigentlich bedeutete das, daß sie bereits nach einem Mörder suchten. Nun, sie haben einen gefunden, aber dazu später. Was sie überzeugt hat, war – glaube ich – die Tatsache, daß sie keine Kleider anhatte. Das bedeutete für sie ohne Zweifel, daß Männer mit im Spiel waren. Oder zumindest ein Mann. In diesem Punkt bin ich natürlich mit ihnen einig. Es ist eine Art Schlußfolgerung, die ich möglicherweise auch ziehen würde. Sie auch, vielleicht. Aber bloß weil ein Mann unter irgendwie unschicklichen Umständen Sex mit einer Frau hatte, deren Leiche später in einem unserer schiffbaren Flüsse gefunden wurde, kann man nicht wie selbstverständlich annehmen, daß dieser Mann sie auch umgebracht hat.

Die Zeitungen, ihrer Stellung als Hüter der öffentlichen Moral voll bewußt, haben diesen Gedanken nur allzu gerne aufgegriffen. Die Öffentlichkeit schluckte ihn gierig. Leslie hat es geglaubt. Bob hat es geglaubt. Ella hat es geglaubt. Deswegen hielt ich weiterhin meinen Mund.

Geh zurück an den Anfang, den *von mir* gewählten Anfang, denn ich hätte genausogut ein Jahr oder zehn Jahre zurückgehen können, um die Anfänge des Ganzen zu finden, bis zu jenem Morgen, als wir sie aus dem Fluß zogen. Es war eine dumme Sache, daß ausgerechnet ich, der Cathie in den Fluß stürzen sah, am folgenden Morgen eine Meile von der Stelle entfernt, wo sie hineingefallen war, ihren Körper finden sollte. Ich spürte in diesem Moment, daß es haarsträubend war, so unglaublich, daß, wenn Leslie nicht zufällig in diesem Augenblick an Deck gekommen wäre, ich mich bestimmt geweigert hätte, so einen unwahrscheinlichen Zufall zu akzeptieren, und versucht hätte, die Leiche mit dem Bootshaken wieder wegzustoßen.

Aber leider kam Leslie im falschen Moment vorbeigeschlurft, und als er die Leiche im Wasser erblickte, hielt er es für unsere Pflicht, sie herauszufischen. Das hat er zumindest gesagt.

Das Gesicht des Mannes mit der Schlägermütze war in der

Zeitung zwischen einem Flugzeugabsturz, siebenundvierzig Tote, und einer Finanzkonferenz in Paris abgebildet. Das gerasterte Bild auf der Seite war undeutlich, ein weißer Schimmer in einer großen Anzahl dunklerer Punkte, als würde das Gesicht versuchen, in den Hintergrund zu versinken, mit ihm zu verschmelzen. Unter dem Bild stand:

DER CLYDE-MÖRDER
Mann verhaftet

Daniel Goon, Klempner, Black Street 42, Glasgow, wurde heute vom Bezirksgericht in Untersuchungshaft genommen. Er wird beschuldigt, den Mord an Catherine Dimley, 27, einer ehemaligen Schauspielerin, Noble Grove 2, Glasgow, begangen zu haben. Goon ist Vater von vier Kindern. Der Körper von Miss Dimley wurde vor zwei Wochen von zwei Kahnschiffern aus dem Clyde gezogen.

Ich konnte mir einfach nicht vorstellen, welchen Beweis sie gegen Goon in der Hand haben mochten. Goon hatte nichts damit zu tun. Und ich war mir ziemlich sicher, daß ich alle möglichen Beweisstücke vernichtet hatte.

Als Cathie stolperte und rückwärts in den Fluß stürzte, blieb ihr der Schrei in der Kehle stecken, noch bevor sie ihn ausstoßen konnte, und dann blinkten die Lichter auf der anderen Uferseite, und es war totenstill. Das Platschen blieb noch einige Augenblicke lang in meinem Kopf, wie ein Schrei in einem Wald, bevor ich mich in einer panischen Bewegung flach auf den Kai legte und hinunter auf das schnelle, schwarze Wasser starrte. Es floß rasch um die Steine am Kai, und einige Meter weiter konnte ich ein paar Blasen auf der ansonsten ruhigen Wasseroberfläche erkennen, wie Seifenblasen bei der Wäsche, die sich immer weiter entfernten, bis nichts mehr zu sehen war.

Ich wußte sofort, daß sie tot war, jede Hilfe zwecklos, ich wußte es sofort und im gleichen Augenblick fiel mir auf, daß meine Glieder wie gelähmt waren. Ich blieb lange, wie ich war, ohne mich zu bewegen, meine Augen waren nach der Stunde, die wir hier zusammen verbracht hatten, gut an die Dunkelheit gewöhnt, und zuerst kam eine Streichholzschachtel, dann eine Flasche und dann eine Spiere vorbei, und jeder Gegenstand machte ein anderes Geräusch, als er an den Steinen hängenblieb und dann im Wasserlauf verschwand. Ich dachte an Sterne, die jenseits der Lichtgeschwindigkeit nacheinander durch das schwarze Universum sausen.

Und dann dachte ich daran, daß Cathie irgendwo da unten war.

Es war zu dunkel, und es war zu spät, um irgend etwas zu tun. Jetzt um Hilfe rufen? Ich hielt lange Zeit nach einer Spur von ihr Ausschau, aber abgesehen von dem Treibgut, das vorbeikam, war das Wasser gleichmäßig schwarz, und nach einer Weile wurde mir klar, daß ich genausogut die Stecknadel im Heuhaufen suchen konnte. Sie hätte überall sein können, Herrgott noch mal!

Ich erinnere mich noch an ein Gefühl der Ungläubigkeit. Wie schnell das alles gegangen war. Nichts hatte darauf hingedeutet. Gar nichts. Es erschien mir genauso unwahrscheinlich wie ein Erdbeben auf einem englischen Rasen. Später war es genau das, was mir so ungeheuerlich vorkam, die Punkt-für-Punkt-Rekonstruktion des Anklägers. In dem Moment, als sie fiel, waren wir beide ziemlich leidenschaftslos. Es gab noch nicht einmal einen Schrei, keine verzweifelte Hand im Wasser, und ich war meinerseits überrascht, wie schnell ich meine Ruhe wiedergewonnen hatte. Hatte ich geglaubt, sie wäre ein Stück getaucht und weiter unten am Ufer wieder zum Vorschein gekommen? Ich wußte, daß es nicht so war. Ich wußte, daß sie nicht schwimmen konnte. Sie hatte immer Angst vor dem Wasser gehabt. Ich zog sie manchmal damit auf, wenn wir mit einem Ruderboot unterwegs waren. An einem Sommertag vielleicht, nicht weit vom Ufer entfernt irgendwo an der Westküste Schottlands, wir lagen beide nackt auf den Bodenbrettern, unter den Bänken. Sie war in dieser Situation immer viel leidenschaftlicher als in irgendeiner anderen, weil sie wußte, daß sie nicht schwimmen konnte, weil unser erotischer Kampf in dem schwankenden Boot für sie eine Sache um Leben und Tod war. Es ging nicht bloß um ihren Körper, der sich in der dünnen Schale des Dingis ausstreckte. Sie spielte mit ihrem Leben, stieß kleine Schreie rauschhaften Vergnügens aus, wenn sich zufällig eine Welle am Bootsrand köpfte und wie Quecksilber über ihren Hintern spritzte. Sie sagte, sie spüre die Kraft des Meeres durch das Boot hindurch, in ihrem Körper und in ihren Ohren, und daß sie sonst nie das Gefühl habe, sich so vollkommen hinzugeben, wie wenn sie mit angespannten Muskeln auf den gefurchten Bodenbrettern lag, wenn sich der Bug hob und ein Wasserspritzer wie das kühle Geschoß einer Kartätsche auf ihrem Oberschenkel landete.

Allmählich gewöhnte ich mich an den Gedanken, daß sie ertrunken war, jede Hilfe zwecklos, und irgendwie gab mir das ruhige Plätschern des Wassers ein Gefühl der Sicherheit – mehr als das, es übte eine angenehme Faszination auf mich aus. Zweifelsohne kam das von der Verbindung, die immer zwischen dem Sex und dem Wasser bestanden hatte. Sie konnte durch die Angst in Ekstase geraten, und sie hatte bei mehr als einer Gelegenheit gesagt, daß selbst wenn sie damit lediglich ihrer Neigung zum Melodramatischen nachgab, sie doch spürte, daß sie auf diese Weise sterben würde, beim Sex vom Wasser überrascht. Sie hatte recht behalten.

Wenn ein Polizist in diesem Moment vorbeigekommen wäre, hätte ich vielleicht keinen Fluchtversuch unternommen. Erst später, nach ein paar Minuten, begriff ich, daß meine Lage gefährlich war, daß es nur mein Wort dafür gab, daß es sich um einen Unfall handelte. War es überhaupt ein Unfall gewesen? Ich glaube schon. Es wäre mir nie in den Sinn gekommen, sie umzubringen. Ich wollte bloß weggehen. Sie versuchte, mich zurückzuhalten. Ich befreite mich. Sie verlor das Gleichgewicht. Sie stolperte über einen Stein, und dann war sie im Wasser. Platsch. Es ging alles so schnell.

Vielleicht würden einige Leute sagen, daß ich mir etwas hatte zuschulden kommen lassen, weil meine Reaktionen so langsam gewesen waren. Ich mußte ihren Tod gewollt haben. Das glaube ich nicht. Obwohl natürlich mein vorherrschendes Gefühl im Moment des Stolperns Ärger war. Ich *war* verärgert über sie. Und dann eine Art Neugier, durchmischt mit Panik. Plötzlich war sie weg, und als mein Ärger verflogen war, spürte ich eine atemlose Neugier, und dann erfaßte mich eine Woge der Angst, fast eine Übelkeit, und ich legte mich hin und starrte auf die Stelle im Wasser, wo sie verschwunden war. Wenn sie an die Oberfläche gekommen wäre, nur für einen Moment, hätte ich reagiert. Aber aus irgendeinem Grund war mir von Anfang an klar, daß es hoffnungslos war, zu spät, und ich kann nicht behaupten, daß es mir in diesem Moment viel ausgemacht hatte, obwohl sich das später änderte, als mir klarwurde, daß sie tot war. Tot. Tot. Tot. Meine Mutter und jetzt Cathie. So überraschend wie ein Linienblitz. Und dann dehnte sich die dumpfe, rote Tatsache allmählich in meiner Phantasie aus, wie ein schmerzhafter Sonnenaufgang, der sich über den ganzen Horizont breitet.

Man könnte vielleicht sagen, ich hatte einen stillen Schock, war am Rande einer dunklen Vorahnung, gelindert durch das träge, über die glitschigen Kaisteine dahinfließende Wasser. Die Sekunden unterschieden sich voneinander durch das Verschwinden der Luftblasen und das Auftauchen der Streichholzschachtel, der Flasche, der Spiere und des Stücks verfaulter Rinde. Mindestens drei Minuten mußten vergangen sein, bevor ich das Gefühl hatte, persönlich in Gefahr zu sein. Das kam so plötzlich wie der Unfall selbst, als würde jäh eine Falltür zu einem tieferen Bewußtsein der Situation aufgestoßen, und meine Augen lösten sich von der Wasseroberfläche und wanderten über die flimmernde Breite des ganzen Flußes hinüber ans andere Ufer, wo die Lichter mir in zynischer Verschwörung zuzublinzeln schienen. Dann fühlte ich mich einsam, wie ein Fremder, ein Verbannter, auskristallisiert von der Gesellschaft, und nur mein verzweifeltes Wort stand für das, was geschehen war.

Ich kniete nun auf dem Kopfsteinpflaster, ich konnte die kalte Härte an meinen Kniescheiben spüren. Ich stand auf, und mein Blick fiel auf die Kleider, die sie so bereitwillig für mich ausgezogen hatte. Sie lagen direkt neben dem Rad des Güterwagens, unter dem wir uns geliebt hatten. Das Rangiergleis verlief direkt auf dem Kai. Wir hatten beide gefunden, daß das ein guter Platz war.

Dann kam mir in den Sinn, daß es für mich besser aussehen würde, wenn sie beim Hineinfallen ihre Kleider angehabt hätte. Der sexuelle Anschein der Situation würde ein Verbrechen wahrscheinlicher machen. Ich hatte die absurde Idee, ihren Körper zu finden und sie wieder anzuziehen. Einen Moment später kam ich mir lächerlich vor. Ich nahm die Kleider und sah sie an. Sie waren Beweisstücke. Natürlich mußte ich sie loswerden.

Es fiel mir nicht ein, zur Polizei zu gehen, aber es gab ja auch keinen Grund, warum sie meine Version des Vorgefallenen akzeptieren sollten. Ich sage immer das Falsche bei solchen Gesprächen. Ich mag es nicht, daß die meisten Leute von mir erwarten, ihre Einstellungen zu teilen. Ich konnte mir das Verhör über Cathie schon vorstellen, die Suggestivfragen, die sie mir entgegenschleudern würden. Ich verwarf den Gedanken, zur Polizei zu gehen, fast im selben Moment, als er mir gekommen war.

Es gab keine Eile. Es war niemand in der Nähe. Ich beschloß, eine Zigarette zu rauchen und die ganze Sache in Ruhe zu überdenken.

Nach der Zigarette fühlte ich mich besser. Ich würde nicht viel tun. Die Kleider lagen neben mir, noch ein wenig warm unter meiner Hand. Oder war das eine Illusion? Ich nahm mir vor, jede Einzelheit zu durchdenken, bevor ich entschied, was zu tun war. Ein Teil von mir begann sogar, die Situation zu genießen. Sie war mir ohne logischen Grund aufgezwungen worden, wie Mexiko Maximilian. Es war an mir, meine Zwangslage zu akzeptieren und mich vor den möglichen Konsequenzen zu schützen. Gut. Es war wie ein Schachspiel. Ich drückte den Zigarettenstummel auf den Steinen aus. Meine Hand hatte ihn kaum losgelassen, als die Finger nach kurzem Überlegen schon danach tasteten. Er war, so nahm ich an, ebenfalls ein Beweisstück. Dann lächelte ich. Es war gut, daß ich die Zigarette geraucht hatte. Irgendwo unter dem Güterwagen lagen noch zwei weitere Kippen, und an einer war Lippenstift. Ich unterdrückte den Wunsch, sofort nach ihnen zu suchen. Nur die Ruhe. Ich hatte viel Zeit. Oh, Cathie! Das Wichtigste war jetzt, nicht irgendeine unüberlegte Handlung zu begehen, so nichtig sie auch schien, sondern das absurde Gefüge, in das ich hineingezogen worden war, mit wissenschaftlicher Genauigkeit zu zerstören.

Das Absurdeste an der Sache war, daß ich mich selbst hineingezogen hatte, ohne Vorbedacht. Denn ich hatte Cathie auf der Straße getroffen, ganz zufällig, nach zwei Monaten, in denen ich sie weder gesehen noch ihr geschrieben hatte (eigentlich hatte ich sie verlassen, oder sie mich, *quien sabe?*), und unsere Entscheidung, miteinander zu schlafen, war ganz plötzlich und impulsiv gewesen, wie Entscheidungen manchmal sind, gefällt in einer Nische in einem kleinen Café, in das wir gegangen waren. Ich nahm einfach ihre Hand. Und es war, als wären wir nie getrennt gewesen. Die Geste brachte hundert Erinnerungen zurück, an Nächte, in denen wir einander in den Armen gelegen hatten, an Schenkel, die sich mit Nachdruck umeinander schlossen, an glückliches Lachen.

Wir kannten uns schon so lange. Wir brauchten darüber keine Worte zu verlieren. Ein Blick war genug, eine leichte und aufgeregte Röte auf ihren Wangen, ein bestätigender Druck der Hand. Sie würde es tun, wenn ich es vorschlug. Wir verließen das Café und gingen direkt in Richtung Fluß. Sie teilte sich ihre Wohnung jetzt mit einem anderen Mädchen.

Der Besitzer des Cafés war ein alter Italiener, der auf einem Barhocker hinter der Theke saß. Er sah gelangweilt zu uns herüber, und als wir Kaffee tranken, starrte er auf die verblaßten Harlekine an der Wand, die sich zufällig ihm gegenüber befanden. Er sagte auf Wiedersehen, als wir gingen, träge oder mechanisch. Vielleicht würde er mich identifizieren, aber es war sehr unwahrscheinlich, daß ihn jemand darum bat. Was ihn betraf, so schlußfolgerte ich, gab es nichts zu befürchten. Und wenn uns niemand gesehen hatte, der uns beide kannte, war er wohl der einzige Zeuge. Wir waren uns zwei Straßen vom Café entfernt begegnet, gingen zusammen dorthin, und später, als wir wieder herauskamen, liefen wir schnell die dunklen Straßen entlang, die zum Fluß führten. Vielleicht hatte uns jemand gesehen. Aber bei meiner zweiten Zigarette war ich mir sicher, daß dem nicht so war. Es war schon dunkel gewesen, als wir uns trafen. Wir überquerten nur eine einzige große Straße in einer Stadt mit mehr als einer Million Einwohner. Ein Baum, versteckt in einem Wald . . .

Kein Kontakt seit mehr als zwei Monaten. Für die Welt, für unsere gemeinsamen Bekannten waren wir getrennt. Sie hatte keine Gelegenheit gehabt, mit irgendeinem Menschen über unser Wiedersehen zu sprechen. Das Element des Zufalls hatte sowohl für als auch gegen mich gearbeitet.

Es gab keinen Grund, zur Polizei zu gehen. Es würde Cathie nichts nützen. Sie hatte keine Verwandten, nur mich, das wußte ich. Ich begann Mitleid mit ihr zu haben. Es war so plötzlich gekommen, so trügerisch, ein paar Minuten zuvor hatte sie noch gelacht. Herrgott noch mal! Aber zur Polizei zu gehen, kam nicht in Frage. Ich konnte auf fatale Weise hineingezogen werden.

Was war mit den Kleidern? (»Laß sie mich ausziehen«, hatte sie gesagt. Zuerst war ich überrascht, aber dann wußte ich, was sie wollte. Es würde ihre Lust steigern, die Holzschwellen der Schienen und die Steine unter sich zu spüren. Ich erinnere mich daran, wie weiß ihre Hüften auf dem dunklen Holz aussahen. Über meiner Schulter mußte sie die ölverschmierte Unterseite des Waggons gesehen haben. Wie sollte ich das alles der Polizei erklären? Einer Jury aus zwölf anständigen und rechtschaffenen Bürgern?)

Jetzt tat es mir leid, daß sie die Kleider ausgezogen hatte. Wenn sie noch angezogen gewesen wäre, hätte sie es nicht so eilig gehabt, mich am Weggehen zu hindern. Vielleicht wäre das alles dann nie passiert. Und jetzt waren die Kleider ein Problem.

Allerdings kein großes Problem. Wenn es nichts gab, was mich mit ihr in Verbindung brachte, dann waren die Kleider gleichgültig. Die Polizei konnte sie genausogut finden. (Das erwies sich als ein Irrtum.) Sie würden sie sowieso vermissen. Das Votum des für die Untersuchung zuständigen Beamten würde »Tod durch einen oder mehrere unbekannte Täter« lauten. Aus einem Impuls heraus schmiß ich die Kleider in einen der Güterwaggons. Kurz darauf fragte ich mich, warum ich das getan hatte. Und ich erwog sogar, hineinzuklettern und sie wieder herauszuholen. Aber dann dachte ich: »Jetzt wirst du hysterisch.« Vielleicht hatte ich das Gefühl, mit dieser Handlung ein Risiko eingegangen zu sein, trotz der Tatsache, daß die Kleider sowieso gleichgültig waren. Ich machte mir nicht die Mühe, sie wieder zu suchen. Aber da war noch die Handtasche. Ich hatte sie berührt, deshalb würden meine Fingerabdrücke darauf sein. Ganz einfach, mein Lieber. Ich wischte die glatte Oberfläche rasch mit meinem Taschentuch ab, fand einen großen Stein, beschwerte die Handtasche damit und warf sie weit hinaus ins Wasser. Das war das, doppelt sicher. Und dann ärgerte ich mich plötzlich über mich selbst. In der Handtasche war das Ronson-Feuerzeug, das ich auch angefaßt hatte. Wieder zwei zu eins. Aber die Tasche würde vielleicht nie gefunden werden – »bis alle Meere austrocknen . . .«

Mein Ordnungssinn ließ mich nach den Zigarettenstummeln suchen. Zum Glück. Ich fand ihr Päckchen Players und das Feuerzeug. Ich war froh darüber. Das Feuerzeug war mein einziges Versehen gewesen, und unter dem Waggon für jeden gut sicht- und erreichbar, hätte es entscheidend sein können – mit Sicherheit, wegen des Monogramms, wenn die Leiche identifiziert wäre. Ich wischte es sorgfältig mit meinem Taschentuch ab und schleuderte es so weit weg wie ich konnte. Ich hörte auf das Plop, dachte an St. Mungo und den Fisch. Offener Mund, Fisch. Ich sah keinen Sinn darin, die Zigaretten wegzuschmeißen. Ich steckte die restlichen (sieben) in meine Packung und ließ das leere Päckchen in den Fluß fallen. Ich fand die beiden Zigarettenstummel und machte mit ihnen das gleiche. Danach gab es nichts mehr für mich zu tun. Vielleicht eine Stunde war vergangen, seitdem Cathie im Wasser verschwunden war. Wenn nicht direkt zu Anfang, dann war sie jetzt mit Sicherheit tot. Hatte ich sie durch mein Zögern umgebracht?

Ich stellte mich ein letztes Mal an den Rand des Kais und sah hinunter auf das Wasser. Noch immer kein Zeichen von ihr. Das Wasser war weich und schwarz, mit Lichtern, die wie Fischschuppen glitzerten, dort, wo die Straßen- und Brückenbeleuchtung reflektiert wurde, weich, als sei es mit einer Maurerkelle geglättet worden, und unergründlich. Hinter mir stand die Reihe Waggons still und verlassen, in einem Block, wie Kühe im Dunkeln; mit ihren ruhenden Rädern und den Kupplungen, die wie lose baumelnde Schwänze aussahen, schirmten sie mich in ihrer Regungslosigkeit von der Bewegung der Stadt ab. Sie sahen größer aus, als sie waren, prähistorische Kühe, und ihre Regungslosigkeit übertrug sich auf mich. Ich spürte vage, daß der ganze Vorfall außerhalb der Zeit stattgefunden hatte, daß es einen Bruch gegeben hatte, daß das, was passiert war, nicht Teil meiner Geschichte war. Es war durchdrungen von der Unwirklichkeit der Fiktion, des Traums. Bald würde ich aufwachen. Ich mußte einfach nur weggehen, um mich aus dieser Zwangsvorstellung zu befreien.

Trotzdem fand ich mich kurz darauf im Schatten des Güterzugs wieder, setzte vorsichtig einen Fuß vor den anderen und sagte mit tonloser Stimme: »Du sichere und festgefügte Erde, höre nicht, wohin meine Schritte gehen, aus Furcht, deine bloßen Steine . . .« Ich wollte nicht, daß mich jemand den Ort verlassen sah. Als ich hinter dem letzten Waggon die Schienen überquerte, fiel mir ein, daß ich Cathie sowieso nie meinen richtigen Namen gesagt hatte. Sie kannte mich als Joe Taylor. Ich nenne immer meinen richtigen Vornamen, weil es schwierig ist, stets daran zu denken und auf einen falschen normal zu reagieren. Vielleicht würden in ihrem Zimmer ein paar Fotos sein, nicht viele, weil ich es noch nie mochte, fotografiert zu werden, aber eins oder zwei, und das gab mir ein ungutes Gefühl. Trotzdem war es nicht wahrscheinlich, daß sie ernsthaft nach einem Joe Taylor suchen würden. Die, die uns kannten, wußten, daß wir uns zwei Monate zuvor in gegenseitigem Einvernehmen getrennt hatten, nicht im Streit. Richtig? Falsch? Wie auch immer, ich hatte seitdem keinen unserer Bekannten getroffen.

Ich erreichte die Straße, ohne daß mich jemand gesehen

hätte. In den dunklen Straßen, die zum Zentrum der Stadt führten, begegnete ich nur einem Mann, und dann ging ich einen ganz anderen Weg zurück zum Fluß und auf den Kahn. Ella – bis dahin nur Leslies Frau – war noch wach, als ich zurückkam.

»Bist du's, Joe?« rief sie aus der Koje.

In der Dunkelheit hörte ich Leslie schnarchen.

»Ja«, sagte ich.

»Wird aber auch Zeit! Was glaubst du, was das hier ist? Eine Absteige?«

Ich antwortete nicht.

Als ich mich in meiner Koje ausstreckte, war ich traurig und immer noch ein wenig erschrocken. Himmel! Warum? Es konnte nicht passiert sein, ich hatte so etwas nie für möglich gehalten, es konnte nicht sein, daß ich Cathie nie wiedersehen würde.

2. *Kapitel*

Die Fakten gelangten zu jener Zeit nicht an die Öffentlichkeit. In den Zeitungen standen keine Informationen, die über die Tatsache hinausgingen, daß der Klempner des Mordes angeklagt worden war. Ich nahm an, daß die Untersuchungen immer noch in Gang waren, und die fehlenden Berichte darüber in der Presse vermittelten mir ein ungutes Gefühl.

Wenn ich die ganze Sache recht überdachte, gab es keinen Grund, mich zu befragen, geschweige denn, mich zu verdächtigen, aber als die Tage verstrichen und nichts Neues zu dem Verbrechen in den Zeitungen veröffentlicht wurde, empfand ich dieses Schweigen als Bedrohung, und die Tatsache, daß ich nichts unternehmen konnte, um herauszufinden, was vor sich ging, ohne Gefahr zu laufen, die Aufmerksamkeit auf mich zu lenken, machte die Sache nur noch schlimmer.

Ich wollte handeln. Ich hatte eine irrationale Angst, etwas übersehen und mich auf diese Weise unwissentlich verraten zu haben, aber unter welchen Umständen oder welcher Vorgehensweise zufolge wußte ich nicht. Ich konnte nichts tun, nur warten. Das Schweigen konnte schließlich nicht ewig dauern. Früher oder später würden sie dem Klempner den Prozeß machen. In meiner damaligen Situation gab es keinen Moment, in dem ich mit Sicherheit hätte behaupten können, daß ich mehr (oder weniger) in Gefahr gewesen wäre, als noch einen Moment zuvor, und diese Unmöglichkeit, die konkrete Bedrohung durch Zeit, Raum oder Person näher zu bestimmen, ließ mich mißmutig und wortkarg werden. Manchmal hatte ich auf der Straße das Gefühl, daß ich verfolgt wurde, und ich bog ab, machte kehrt, blieb abrupt stehen oder sprang auf einen fahrenden Bus. Aber in ruhigen Momenten verwarf ich diese Vorstellung als unrealistisch. Wenn sie mich mit der Sache in Verbindung brächten, würden sie mich einfach mitnehmen und verhören. Sie würden nicht wie die Katze um den heißen Brei herumschleichen.

Es war mir nicht möglich, unabhängig von meiner Person über Goons Elend nachzudenken. Armer Kerl. Aber es gab keinen Grund, warum ich solches Mitleid mit ihm hatte. Ich kannte ihn noch nicht einmal. Als Repräsentant der industriellen Arbeiterklasse war er in gewissem Sinne mein Feind. Ich mag Leute nicht, die aus der Arbeit eine Tugend machen. Und in einem Maße, wie ich es nicht war, stellte er einen wenn auch unkritischen Teil der Gesellschaft dar, die ihn verurteilen würde. Natürlich wußte ich, daß er unschuldig war. Aber ich war es auch. Ich konnte seine Unschuld nicht beweisen, ohne gleichzeitig mich zu beschuldigen. Die Sachlage hätte genausogut umgekehrt sein können. Wir waren auf eine absurde Weise Rivalen; wenn einer von uns verurteilt würde, wäre der andere frei. Seine Inhaftierung war nicht absurder als die Rolle, welche mir von einer unintelligenten Gesellschaft aufgezwungen würde, die ständig an ihre moralische Läuterung dachte: »Was! Sie hatte noch nicht einmal ein Höschen an!« Wenn ich an Goon dachte, stellte ich ihn mir als Teil eines riesigen Krakenorganismus vor, der seine ganze Aufmerksamkeit auf eine individuelle Zelle richtete und diese Zelle als böse bezeichnete. Die Zeitungen deuteten so etwas an. Wenn er verurteilt würde, würde der Richter genau das aussprechen.

Und die Krake würde ihn erwürgen. Goon würde wissen, daß er nicht böse war, aber er wäre zweifellos davon überzeugt, daß ein anderer böse sei, ich zum Beispiel, obwohl ich für ihn namenlos war. Er tat mir immer noch leid, trotz der Tatsache, daß er dachte, ich sei böse. Das machte ihn nicht böse, nicht einmal die Krake: Sie waren bloß unintelligent. Wir beide, Goon und ich, waren Opfer dieser Geschichte, und nur einer von uns konnte entkommen. Natürlich hätten wir auch beide entkommen können. Die Polizei hätte meiner Schilderung des Unfalls glauben schenken können. Aber die Möglichkeit, daß sie es nicht tun würde, war sehr groß. Ich konnte das Risiko nicht eingehen. Meine Verantwortung in dieser Sache war einfach eine soziale Fiktion, eine, die weiß Gott wie viele Menschen dazu gebracht hatte, bei ihrem eigenen Mord zu assistieren.

Es war nicht mein Mitleid mit dem Klempner, das mich in die Black Street gehen ließ. Ich wurde von der vagen Hoffnung angezogen, etwas herauszufinden, was meine eigene Position klarer machen würde. Irgendwo blätterte vielleicht genau in diesem Moment ein Polizeibeamter einen Stapel Papiere durch. Später würde er durch einen Gang in das eine oder andere Gebäude gehen und den Stapel auf den Schreibtisch eines anderen legen. Die Anonymität der Männer war entsetzlich, Männer, die in diesem Moment vielleicht gegen mich arbeiteten, nicht, weil sie einen persönlichen Groll gegen mich hegten, sondern weil sie Teil einer unpersönlichen Maschinerie waren, deren Funktion darin bestand, die Ordnung aufrechtzuhalten, zu erklären, warum es so seltsame Dinge wie eine Leiche geben konnte, dafür zu sorgen, daß, wenn auf ein Verbrechen geschlossen wurde, jemand dafür büßen mußte, damit die moralische Struktur des Systems aufrechterhalten bliebe. Diese Männer, wer auch immer sie waren, würden mit ihren Frauen schlafen, mit ihren Kindern sonntags ein Picknick machen, ganz nebenbei einem Freund gegenüber erwähnen, daß die Ermittlungen zufriedenstellend verliefen, genauso wie sie über ein Kreuzworträtsel reden würden. Das alles hatte etwas von einem Alptraum – meinem Alptraum, denn die Maschinerie konnte mich jeden Augenblick in ihre komplizierte Musterbildung ziehen.

Ich ging bis ans Ende der Straße und wieder zurück. Es war eine kleine Straße mit Mietskasernen in einem ärmlichen Viertel der Stadt, trostlos und grau, sie sah genauso aus wie alle anderen Straßen in der Umgebung. Es gab nichts zu sehen: wenige Männer, in Schals eingemummte Frauen. Ich blickte nach oben, als aus einem der Fenster ein schriller Frauenschrei drang. Sie lehnte auf der Fensterbank, streckte ihr flaches, rotes, mißtrauisches Gesicht über den schlaffen Brüsten aus dem Fenster heraus wie eine groteske Galionsfigur. Mit ihrer dünnen, roten Hand umklammerte sie ein Handtuch vor der Brust. Ihr Mund stand weit offen, als würde sie die Antwort der Frau empfangen, der ihr Schrei gegolten hatte. Einer kleinen, korpulenten Frau ohne Kopfbedeckung, mit nackten rosafarbenen Beinen und kaputten Schuhen, die ein mit einem grauen Schal umwickeltes Baby an sich drückte. Ich war deprimiert. Ich wandte mich ab. Auf der anderen Seite kam mir langsam ein Kohlenkarren entgegen, aber es war nichts Besonderes an dem Clydesdale-Pferd und dem Mann, der nebenher ging und der, da es angefangen hatte zu regnen, eine leere Kohlentüte wie eine Mönchskapuze über Kopf und Schultern gezogen hatte. Er ging leicht seitlich vor dem Pferd mit schweren Stiefeln den Rinnstein entlang.

Der Himmel über mir zog sich gerade zu, ein weißes Band, und Regen fiel wie feine, zerbrochene Speere herunter. Ich spürte, wie die ersten Tropfen auf den Schultern meiner blauen Sergejacke aufschlugen. Mein Haar wurde nicht naß, denn ich trug an diesem Tag eine von Leslies Schlägermützen, wie ein Symbol meiner Bedeutungslosigkeit. Kein Polizist weit und breit. Die Straße, die einen Mörder beherbergt hatte und ihn, falls notwendig, der ganzen Gesellschaft zum Opfer darbringen würde, unterschied sich in nichts von anderen Straßen. Kein schwarzes oder gelbes Kreuz prangte auf dem offenen Hauseingang der Nummer 42. Keine Neugierigen hatten sich in seiner Nähe versammelt und sprachen über die Vorzeichen. Ich stellte mich etwa zehn Minuten lang in einem Hauseingang unter, der ungefähr zwölf Meter davon entfernt war, rauchte eine Zigarette und versuchte, irgend etwas aufzunehmen, ich weiß nicht was, und ich fühlte mich albern und etwas fehl am Platz. Es gab nichts zu tun. Ich hatte keinen Plan. Ich konnte auf dem Rückweg vielleicht in eine Kneipe in der Nachbarschaft gehen, vielleicht würde ich dort etwas aufschnappen, irgend etwas. Aber als ich dann vor der Tür stand, war mir nicht danach. Ein paar Kinder kamen gerade von der Schule zurück, spielten Fußball mit einer leeren Dose, und ich fragte mich, ob seine Kinder auch dabei waren. Was bedeutete es jetzt wohl für sie, Goon als Vater zu haben? Wenn ein Polizist erschossen worden wäre oder selbst wenn er jemanden bei einer Messerstecherei auf der Straße umgebracht hätte, hätten die Kinder aus ihrer traurigen Berühmtheit irgendeinen Nutzen ziehen können. Aber ein Sexualverbrechen war etwas Schändliches und haftete an einem wie ein schlechter Geruch. Es mußte hart für die Kinder sein. Dann fiel mir ein, daß ich vielleicht einen Blick auf seine Frau erhaschen würde: fett, dünn, klapprig, rothaarig, o-beinig? Was dachte sie? Würde sie zu ihm halten? Es mußte eine Verbindung zwischen Goon und Cathie gegeben haben, sonst hätten sie ihn nicht verhaftet. Ich fragte mich, welche das sein konnte. Er mußte ihr Geliebter gewesen sein. Das überraschte mich. Goon, ein Klempner. Verheiratet, mit vier Kindern. Und Cathie, deren Vater ein kleiner Beamter bei der Post gewesen war oder etwas Ähnliches, ein eifriger Repräsentant dieser vielleicht klassenbewußtesten aller britischen Klassen, dessen Einfluß sie nie ganz hatte abschütteln können. Ich war sehr gespannt darauf. Wenn es einen Prozeß gab, würde herauskommen, wie sie sich kennengelernt hatten, einige Details über ihre Beziehung. Cathie hatte ihn mir gegenüber nie erwähnt. Vielleicht war es ja Goons Kind. Es war ein seltsames Gefühl, daß ich nie erfahren würde, wessen Kind mit ihr im Fluß ertrank. Ich vergaß zu erwähnen, daß Cathie schwanger war.

Schließlich verließ ich diesen Stadtteil wieder. Der Regen hatte plötzlich aufgehört. Es war noch früh am Abend, und ich wollte noch nicht zurück auf den Kahn. Ella würde dasein, allein vermutlich, oder mit dem Jungen. Leslie war bestimmt noch auf Tour. Wahrscheinlich in einer der Hafenkneipen, Darts spielen oder, wenn keiner mit ihm spielen wollte, Domino. Ich wollte Ella im Moment nicht sehen.

Ich fragte mich, inwiefern es ein Zufall war, daß ich zum erstenmal mit Ella genau an dem Tag schlief, als Cathies Leiche zu mir zurückkam wie ein kleines Stück künstlicher Schuld. Ich fragte mich, in welchem Maße es eine Rolle spielte, daß ich genau in diesem Moment, genau an diesem Tag, instinktiv eine Frau brauchte, weil ich plötzlich ein Geächteter war, jenseits irgendeiner intellektuellen oder willentlichen Entscheidungsgewalt, nicht in diesem Moment, sondern *von da an*. Wenn ich zur Polizei ginge mit meiner Geschichte dessen, was passiert war, und wenn ich viel Glück hatte, würde ich vielleicht mit Totschlag davonkommen, obwohl das Naturell dieser anständigen Menschen, der Bürger des presbyterianischen Glasgow, deren moralischer Appetit schon geweckt war, mich daran zweifeln ließ. Die Tatsache, daß ich Ella plötzlich brauchte, einen Tag nachdem Cathie gestorben war und Monate, nachdem ich auf engstem Raum mit ihr in einem Zustand distanzierter Gleichgültigkeit gelebt hatte, und die Tatsache, daß meine Kraft für die Verführung mit dem Bedürfnis kam, die Tatsache, daß ich mit jeder ihrer Reaktionen ein Gefühl der Kontrolle auf meiner Seite und der Nachgiebigkeit auf ihrer Seite entdeckte – dieses komplexe Wissen vermittelte mir einen Eindruck von gewaltigen Gravitationskräften, die viel weiter gingen als jedes »Ich«, dessen ich mir bewußt war, von einer komplex gewebten Matrix, in der meine eigenen und bewußten Entscheidungen nur lose Fäden waren.

Ich wollte Ella nicht sehen, denn sie wurde immer fordernder und zunehmend unvorsichtiger. Sie wollte in jeder nur erdenklichen Situation mit mir schlafen, und wenn ich einwandte, daß es jetzt zu gefährlich sei, lachte sie nur. Ich glaube, sie wollte fast, daß Leslie es herausfand.

»Wer hat denn nun Angst?« sagte sie.

Darauf vermochte ich nichts zu antworten.

Einmal machten wir zu viert ein Picknick, und Leslie und der Junge gingen Wasser für den Tee holen. Sie waren kaum außer Sichtweite, als sie mich auf sich zog. Ich liebte sie schnell, fast leidenschaftlich, und ich hatte sie gerade erst losgelassen, als Leslie und der Junge mit dem Wasser auftauchten. Diese Dinge passierten immer öfter, und allmählich wurde mir klar, daß es nur eine Frage der Zeit war, bevor Leslie es herausfinden würde. Ella wußte das auch. Es steigerte ihre Lust. Ihr Verhalten war ansteckend, und ich machte bei dieser Sache fast nur deswegen mit, weil ich so die andere, noch ernsthaftere Bedrohung vergessen konnte, die das Schweigen der Zeitungen zu bedeuten schien.

Ellas Körper erregte mich noch immer. Wenn wir uns jetzt liebten, gab sie sich mir ganz hin, beinahe hysterisch.

So kehrte ich an diesem Abend nur ein paar Stunden, nachdem ich die Black Street verlassen hatte, auf den Kahn zurück, und wie vermutet wartete sie schon auf mich. Ich fühlte, daß ich auf eine unbestimmte Art resigniert hatte. Die Tage vergingen, und durch Ella führte ich weiterhin ein Leben, das von allem anderen losgelöst und intakt war, mit seiner eigenen Kraft, seinem eigenen Risiko und seinem eigenen Zentrum. Allmählich, bis zu dem Tag, an dem alles in Stücke fiel, begann ich zu vergessen, daß ich bei Cathie gewesen war, als sie rückwärts in den Fluß fiel, und daß es irgendeine Verbindung gab zwischen der Frau, die meine Geliebte gewesen war, und der Ertrunkenen, nach der ich den Bootshaken ausstreckte. Ich dachte nicht an Goon. Er langweilte mich. Und dann, eines Tages, erwischte Leslie uns.

Ella hatte aufgehört, sich zu bewegen. Ihre Augen waren geschlossen, und sie atmete schwer. In mir fand gerade ein Rückzug statt, das Gefühl der Nähe war verschwunden. Das Bild wurde schärfer. Sie war nur eine Frau, mit der ich gerade Sex gehabt hatte. Ihr Körper war so weich wie Kitt, ernüchternd, aus dem Takt.

Das Gewicht ihres Oberschenkels auf meinem Knie war unbequem. Ich hatte leichte Kopfschmerzen. Die Uhr mit dem Messingring tickte laut, festigte die Atmosphäre in der Kabine und gab allen Gegenständen ihre gewohnte Banalität zurück. Die Decke war einfach nur eine Decke, die zu oft gewaschen worden war. Zwischen den lackierten Planken waren Lücken, und der Lack sah uneben und spröde aus. In den letzten Minuten hatte ich das Summen einer Fliege wahrgenommen, und jetzt setzte sie sich auf Ellas Schulter und krabbelte auf die Brustwarze ihrer rechten Brust. Sie schien es nicht zu merken. Ihr Gesicht war zur Seite geneigt, und die Haare an den Schläfen waren strähnig vom Schweiß. Auf ihren Lippen lag ein leichtes Lächeln, als würde sie an etwas denken, das sie amüsierte. Ihre Befriedigung erschien dümmlich. Die Tatsache, daß sie sich zurückgezogen hatte und nun zufrieden mit geschlossenen Augen dalag, ärgerte mich. Ihr Verhalten war lächerlich, beleidigend. *Sie* erschien mir lächerlich mit ihrem verhaltenen Grinsen, dem weißen Fleisch, das rote Flecken an den Stellen hatte, wo es unter meinem Gewicht zusammengequetscht worden war, und dieser Fliege auf der Brustwarze, die haltgemacht hatte und über ihre winzigen Fühler strich wie ein winziger Küchenchef, der sich darauf vorbereitet, einen Truthahn zu tranchieren.

»Wann wird Leslie zurückkommen?« sagte ich.

Sie öffnete ihre Augen und sah mich an. In diesem Moment flog die Fliege auf und verschwand vor der dunkelbraunen Farbe der Planken. Sie lächelte.

»Das wird noch dauern.«

Sie streckte ihren Arm in meine Richtung aus und zog mich zu sich herunter. Ich wehrte mich ein bißchen, aber sie war fest entschlossen. Ihr Mund war weich und zu feucht. Ich schloß meine Zähne vor ihrer Zunge. Aber ohne eigene Kraftanstrengung konnte ich mich nicht losmachen, und so schloß ich meine Augen und ließ mich von ihr im Nacken und auf die Wangen küssen. Nach einer Weile schien mich mein Groll zu verlassen und in einiger Distanz stehenzubleiben, bis er, als sie mich mit ihren Händen streichelte, wie das Licht einer Boje hinter dem Horizont versank und ich ihn nicht mehr wahrnahm. Zunächst hatte ich es nicht eilig, aber dann hörte meine Hingabe auf, nur passiv zu sein, und ich liebte sie noch einmal.

Danach waren wir beide müde und schliefen ein.

Leslie mußte hinunter in die Kabine gekommen sein, und als er uns gesehen hatte, war er wohl wieder an Deck gegangen. Als wir aufwachten, war es fast dunkel, und wir konnten ihn an Deck auf und ab gehen hören. Wir warteten eine Zeitlang, ohne uns zu bewegen. Wir hatten beide keine Ahnung, wie lange er schon da war, aber offensichtlich wartete er darauf, daß wir aufwachten, und seine Schritte deuteten uns an, daß er es wußte, und gaben uns gleichzeitig die Gelegenheit, uns auf die Konfrontation vorzubereiten. Wir flüsterten.

»Meinst du, er weiß es?«

»Natürlich weiß er es!« sagte ich. Ich zündete mir eine Zigarette an.

»Was machen wir jetzt?«

Ich lächelte in die Dunkelheit.

»Ich vermute, das hängt von ihm ab.«

Ella antwortete zunächst nicht, dann sagte sie: »Warum sollte es von ihm abhängen? Wer zum Teufel glaubt er eigentlich, daß er ist? Trampelt da oben herum wie am Jüngsten Tag!«

»Es ist nur seine Art, uns mitzuteilen, daß er da ist.«

»Das ist ihm gelungen«, sagte sie trocken.

Sie wartete darauf, daß ich etwas sagen oder tun würde, und rückte etwas von mir ab, so daß sich unsere Körper unter der rauhen Decke, die jetzt noch rauher und kratziger schien als zuvor, an keiner Stelle mehr berührten; aber ich betrachtete nur das glühende Ende meiner Zigarette in der Dunkelheit, und irgendwie schien das meinen Kopf ganz auszufüllen; das und die Schatten dahinter schlossen jedes sofortige Einstellen auf die Situation aus. Wie dem auch sei, ich wußte, ohne mit ihr darüber zu sprechen, wenn Leslie etwas Unbesonnenes getan hätte, hätte er es vermutlich in der Zwischenzeit getan, und wahrscheinlich wartete er genauso nervös wie wir darauf, was passieren würde, wenn wir aufeinanderträfen.

»Willst du jetzt einfach liegenbleiben?«

»Warum soll ich mich beeilen«, sagte ich, »ich rauche erst meine Zigarette zu Ende.«

»Was wirst du sagen?«

»Die ganze Sache ist ziemlich offensichtlich, oder?«

Sie bewegte sich wieder, aber sie sagte nichts. Ich dachte einen Moment lang, sie wolle über mich drüber und aus der Koje klettern, aber sie mußte es sich aus irgendeinem Grund anders überlegt haben. Sie hatte mir mit der Bewegung die Decke von der Seite an der Bettkante weggezogen. Sie wollte, daß ich aufstand. Widerstrebend setzte ich mich auf, zündete mit einem Streichholz die Öllampe an und begann mich anzuziehen, ohne sie anzusehen.

Leslie mußte das Licht in der Kabine gesehen haben, denn einen Augenblick später hörte er auf, an Deck auf und ab zu gehen, und eine Sekunde lang rechnete ich fast damit, daß er den Niedergang herunterkäme, und zog mir schnell meine Hose an, um ihm gegenüber in einer besseren Position zu sein, aber er kam nicht herunter, rief uns auch nicht, und dann sagte Ellas Stimme: »Er wartet, daß du hochkommst.«

Ich antwortete ihr nicht. Ich war nicht in der Stimmung, mit ihr zu diskutieren, überhaupt zu reden. Jetzt, da es geschehen war, kam mir der Gedanke der anderen Gefahr wieder in den Sinn. Es war, als hätte ich die ganze Zeit über unbewußt die beiden Bedrohungen, da sie fast gleichzeitig bestanden, miteinander in Verbindung gebracht, als würde die eine die andere auf eine apokalyptische Weise implizieren, Punkt für Punkt, und jetzt, da die eine Bedrohung Realität geworden war, befürchtete ich eine ähnliche Entwicklung auch bei der anderen – vielleicht würde dem für die Ermittlungen von Cathies Tod verantwortlichen Beamten in diesem Moment zum ersten Mal die Beziehung zwischen der Toten und einem der Kahnschiffer auffallen, die den Körper entdeckt hatten; oder vielleicht war es auch nur so, daß die Welt von Ella und Leslie (für die der Vorfall inzwischen abgeschlossen war), in die ich unter Ausschluß der anderen Welt eingetreten war wie ein Kranker in die Routine eines Krankenzimmers, nun nicht mehr getrennt und selbstgenügsam bestand, da Leslie das mit uns herausgefunden hatte. Ich erinnere mich, daß mein Mund ganz trocken war. Ich war schon durstig gewesen, bevor ich eingeschlafen war, und ich nahm die Milch, die seit dem frühen Nachmittag auf dem Tisch stand, und trank einen großen Schluck aus der Flasche.

Ella sah mir zu, sagte aber nichts. Sie hatte sich nun auf eine andere Weise zurückgezogen, jetzt war sie es, die mich beobachtete. Das war mir unangenehm. Ich hatte keine Ahnung, was sie dachte, als sie mich auf der Seite liegend und auf den Ellbogen gestützt beim Anziehen beobachtete, die Augen über ihren aufgeworfenen Lippen im Schatten. Ihr Nacken und der Oberkörper, die schwer auf dem Bettlaken ruhten, sahen ockerfarben aus im Licht der Lampe, die durch die große, nicht mehr saubere Glaskugel mit einer hellen, harten Flamme die ausgefransten Schnürsenkel in meinen Fingern beleuchtete. Ich blieb länger als nötig nach unten gebeugt, das Haar auf meinem nackten Arm sah grau aus, und die Haut, unter deren Oberfläche die Adern wie eine geographische Höhenliniendarstellung verliefen, war schmutzig. Mir fiel ein, daß ich schon seit länger als einer Woche nicht mehr gebadet hatte.

Nachdem ich meine Schnürsenkel zugebunden hatte, zog ich mein Hemd über den Kopf, und während ich es zuknöpfte, sah ich Ella an.

»Stehst du auch auf?«

»Vielleicht«, sagte sie. »Ich warte erst einmal ab, was passiert. Paß auf, deine Zigarette. Sie verbrennt den Tisch.«

Ein langes Stück Asche fiel auf den Boden, als ich die glimmende Zigarette hochhob, um sie im Aschenbecher auszudrücken. Ich nahm meine Jacke von der Stuhllehne und zog sie an.

»Also, mal sehn, was er sagt«, bemerkte ich, eher weil ich das Gefühl hatte, ich müßte noch etwas sagen, bevor ich an Deck ging, als weil es wirklich nötig gewesen wäre. Ich glaube, sie lachte, als ich mich umdrehte und den Niedergang hinaufkletterte.

Als ich ungefähr fünfzehn Minuten später wieder in die Kajüte zurückkehrte, hing ein zuckender, schwarzer Streifen öligen Rauchs zwischen dem verschmierten Glas und einem Fleck auf dem Schott, wo die feinen Rußpartikel sich verdichteten und in einer flachen, spinnenförmigen Wolke flatterten, während die Glaskugel, ein vereitertes, gelb-rot-schwarzes Geschwür, immer weniger Licht auf den Tisch und das Bett warf. Ella, die sich, seit ich nach oben gegangen war, nicht bewegt hatte, lag immer noch halbnackt auf der Seite, die Decke bis zum Bauchnabel heruntergerutscht. Das Halbdunkel in der Kabine schien sie nicht zu stören. Sie hatte sich nicht die Mühe gemacht, die Hand auszustrecken und die Lampe herunterzudrehen oder den Docht zu kürzen. Statt dessen hatte sie zugesehen, wie sich der Lichtkreis zentripetal von ihr entfernte, zum qualmenden, orangefarbenen Zentrum der Flamme hin, die, als ich den Niedergang hinunterstieg, loderte, als würde sie versuchen, das ganze Licht in der Kabine wieder auf sich zurückzuziehen. Ich drehte die Lampe runter, und einen Augenblick lang lag der Raum in fast völliger Dunkelheit.

»Du mußt den Docht kürzer machen«, hörte ich Ellas Stimme aus der Koje, und als ich mir bei dem Versuch, das heiße Glas abzunehmen, die Finger verbrannte, sagte sie: »Hinter dir liegt ein Küchentuch. Nimm das.«

Sie sprach nicht mehr, bis ich den verkohlten Teil des Dochts zwischen Daumen und Zeigefinger abgeknipst hatte, der Docht wieder angezündet und das Glas an seinem Platz war. Die Lampe brannte jetzt ziemlich matt, weil das Glas so schmutzig war.

»Du hättest sie runterdrehen sollen«, sagte ich.

»Ich mach sie wieder sauber«, entgegnete sie nur.

Sie würde sie bestimmt wieder sauberkriegen. Das war auch ein Teil von Ella, Sachen putzen, Teller oder Schuhe oder den Tisch, Töpfe und Pfannen schrubben, Messing polieren, was sie mit einem speziellen Tuch tat, ihren heißen Atem auf das Metall hauchend und es dann mit dem Lappen abreibend, bis es quietschte, wobei sich ihr Unterarm wie ein Kolben vor und zurück bewegte, für den sie die

Energie aus dem angespannten Rumpf ihres Körpers zog und aus der starren Haltung ihrer kräftigen Hüften, von denen die Schürzenbändel immer ausgebleicht und ungenutzt herunterhingen.

Dann zündete ich mir eine Zigarette an und setzte mich mit übereinandergeschlagenen Beinen ein Stück von ihr entfernt hin. Es schien ihr nichts auszumachen, darauf warten zu müssen, bis ich ihr erzählen würde, was vorgefallen war. Da ich wußte, was passiert war, und daß es keinen Sinn haben würde, daran etwas ändern zu wollen, hatte ich es nicht eilig. Ich hatte meine Zigarette halb aufgeraucht, als sie entschied, nun lange genug gewartet zu haben.

»Wo ist er?«

»Er ist weg«, sagte ich.

»Wohin zum Teufel?«

»Keine Ahnung«, sagte ich. »Ich vermute, heute nacht wird er in einen Pub gehen und morgen früh zu seiner Mutter nach Glasgow.«

»Hat er gesagt, er würde mich verlassen?«

»Er hat gesagt, er schreibt dir einen Brief.«

»Jesses!«

Sie kletterte umständlich aus der Koje, ihre Fußsohlen schlugen hart auf den Boden. Sie streifte mich im Vorbeigehen, ließ ihren Geruch zurück, als sie durch die Kajüte zum Herd ging, und sie plötzlich so aus der Nähe zu sehen, das nackte Fleisch keine fünfzehn Zentimeter von meinem Auge entfernt, welches den Eindruck neutral und gefühllos aufnahm, war auf eine neue Art schrecklich, weil das Fleisch, von dem ich dachte, daß ich es kannte, das ich berührt und mit meinen Fingerspitzen massiert hatte, sich nun anonym wie eine formlose, grauweiße Masse darstellte, die sich an den Enden gelb verfärbte und porös wie Bimsstein war, eine Masse, die, als sie vor meinem Auge vorüberzog, ihre Identität verloren hatte und eine Zehntelsekunde später verschwunden war und von einem bekannten Geruch in meiner Nase ersetzt wurde, dem der Frauen. Ich drehte meinen Kopf und sah, daß Ella am Herd ein Streichholz anzündete und den Kessel auf den erleuchteten Gasring stellte. Dieses neue Geräusch, das Zischen des entzündeten Gases, schien das Gleichgewicht in der Kabine wiederherzustellen, aus Ella wieder eine Frau mit dem Hang zur Fettleibigkeit zu machen, die es nun nicht mehr für nötig befand, sich in meiner Gegenwart etwas überzuziehen.

»Jesses!« sagte sie wieder. »Er wird mir also einen Brief schreiben!«

»Das hat er gesagt.«

»Willst du eine Tasse Tee?« Sie lächelte jetzt.

»Ich könnte wohl eine gebrauchen.«

»Ich auch«, sagte sie und dann: »Es sieht so aus, als wäre das geregelt, Joe!«

Ich wußte nicht, was ich anderes hätte machen sollen, als freundlich zu lachen. Ich wieherte wie ein Esel.

Sie griff nach der Teedose.

3. Kapitel

In den darauffolgenden Tagen blieben wir am Kai in Leith. Leslie schickte einen Jungen vorbei, der seine Sachen mitnahm, und Ella holte ihren Sohn ab, der ein paar Tage bei ihrer Halbschwester Gwendoline verbracht hatte, deren Mann Lastwagenfahrer für einen Obst- und Gemüsehändler war.

Ein Gefühl der Enge legte sich eines Morgens über mich, als ich die Farbe auf dem Kahn ein wenig auffrischte. Er lag in der Nähe eines Motorkrans, der mit knirschendem Getriebe Netze voller zugeteerter Fässer hin- und herfuhr. Ein Mann in einer blankgescheuerten Sergehose, die an den Knien zusammengebunden war, brüllte mit verzerrtem Gesicht Befehle, spuckte und trat seinen Speichel mit der Sohle seiner eisenbeschlagenen Stiefel fest, als würde er versuchen, ihn auszulöschen. Der Hafen, gefangen im Netz der Stahlträger im blassen Nebel, erstreckte sich wie ein unbestimmtes Rechteck in die durch die Trossen verkürzte Ferne, aus der das monotone Stottern der stumpfnasigen Bohrer dumpf widerhallte. Das Gefühl der Enge begleitete mich den ganzen Morgen.

Es wurde auch nicht durch Ellas gelegentliches Auftauchen an Deck gemildert, das erste Mal mit dem Mülleimer, das zweite Mal mit ausgewrungener Unterwäsche und einem Eimer mit verdrecktem Seifenwasser, den sie über die Reling ausleerte.

Ich vermute, daß es darauf hinauslief. Alles zusammengenommen, gab es gute Gründe für mich zu bleiben, wo ich war, darauf zu warten, daß etwas zerbrach. Aber gleichzeitig hatte ich das seltsame Gefühl, meine Identität verloren zu haben. Ich war Teil einer Situation geworden, die mich vor einer anderen, noch weniger beneidenswerten, zu schützen schien, jener, in der ich mich jetzt befinden würde, wäre ich zur Polizei gegangen. Doch je mehr ich in das kleine Leben auf dem Kahn hineingezogen wurde, desto stärker fühlte ich mich meiner Identität beraubt.

Das war schon immer so bei mir, solange ich denken kann. Ich bin ein wurzelloser Mensch. Oft kann ich es kaum erwarten, mich auf andere Menschen einzulassen, aber sobald ich mich mit ihnen eingelassen habe, wünsche ich mir nichts sehnlicher, als wieder frei zu sein. An einem Frühlingsmorgen vor zehn Jahren trat ich mit einer kleinen Reisetasche aus der Universität. Ich kehrte nie zurück. Seit damals habe ich gearbeitet, wenn ich Geld brauchte, weil ich nicht an einem Ort bleiben wollte, weil ich, obwohl ich alles hatte, was zum Leben nötig war, aus Situationen ausbrechen mußte, in denen ich das Gefühl hatte, zerquetscht zu werden. Jetzt auf dem Kahn verspürte ich den vertrauten Drang, mit der Gegenwart zu brechen. Ich konnte meinen Blick nicht von den Schiffen und dem Fluß abwenden, vor allem nicht von den Schiffen, von denen ich wußte, daß sie in die Tropen und in die südliche Hemisphäre fahren würden.

Im Laufe des Tages bemerkte ich, daß Ellas Haltung mir gegenüber besitzergreifender wurde. Sie machte einige Anspielungen auf die Zukunft, aus denen zu entnehmen war, daß sie wie selbstverständlich von meinem Bleiben ausging. Sie sprach über die Scheidung. Ich hörte mir alles ruhig an, gab keine Widerworte, aß mechanisch oder rauchte eine

Kippe nach der anderen und gab einsilbige Antworten. Als ich an den Klempner dachte, der auf seinen Prozeß wartete, überkam mich das Bedürfnis nach Sicherheit wie eine Übelkeit, aber mein naiver Protest war wegen dieses Bedürfnisses nur um so lauter.

Und dann war Ellas Stimme wieder zu hören: »Es dauert doch nicht lange, oder, Joe?«

»Was?«

»Die Scheidung!«

»Ich weiß nicht, Ella. Ich habe keine Ahnung von diesen Dingen.«

»Wenn wir in Glasgow sind, kümmere ich mich darum. Dort haben wir auch geheiratet.«

»Ja.«

»Es wird schon alles gutgehen«, sagte Ella überzeugt.

Da sah ich sie einen Moment lang heimlich an und fragte mich, was der Grund für ihre Entschlossenheit war. Sie schien sinnlos, nicht ganz ernst zu nehmen.

Später am Nachmittag ging sie fort, um Lebensmittel einzukaufen. Nachdem sie gegangen war, versuchte ich zu lesen, aber ich konnte nicht. Die Atmosphäre war so beengend und jämmerlich, an allen Seiten verkürzt von den schwarzen Speichen des Docks. Hin und wieder hörte man Metall gegen Metall schlagen, und dann begann das durchdringende Geräusch des Niethammers. Ich war niedergeschlagen und auch etwas ärgerlich. Ich vermißte Ella, aber nur auf eine indirekte Art. Ich langweilte mich mit ihr. Wenn sie da war, gab es gute Gründe, sich zu langweilen, aber wenn sie nicht da war, konnte ich den Grund nur in mir finden, widergespiegelt im Nebel und in den Trossen. Ich hatte das Bedürfnis zu handeln, das ich wieder und wieder unterdrückte. Ich wollte die Regungslosigkeit durchbrechen, in die ich mich hatte hineinziehen lassen, aber ich hatte meine Sicherheit mit Tatenlosigkeit gleichgesetzt, fast mit der Langeweile, die ich in bezug auf Ella zu spüren begann.

Aber so konnte es nicht weitergehen. Ich hatte mich bereits entschieden zu gehen, nehme ich an, schon an diesem Nachmittag, als ich mir einredete, nicht albern zu sein und erst einmal abzuwarten, und ich warf meine gerade angezündete Zigarette weg und ging wieder nach unten.

Als Ella zurückkam, lag ich in der Koje. Sie war ganz aufgeregt. Sie erzählte sofort, daß das Datum für den Prozeß des Klempners nun feststehe. Ich nahm die Zeitung und warf einen Blick darauf:

ZWEIFACHER VATER VOR GERICHT
45 Jahre alter Glasgower wird
des Clyde-Mordes angeklagt.

Es folgte ein kurzer Bericht über die Fakten, die die Polizei bekanntgegeben hatte. Man wußte inzwischen, daß Daniel Goon eine Beziehung mit der ermordeten Frau gehabt hatte und seit einiger Zeit mit ihr in Verbindung gebracht wurde.

Ich mußte nicht weiterlesen. Ich erinnerte mich daran, wie Cathie sehr leise und überzeugend gesprochen hatte, nachdem wir miteinander geschlafen hatten, sie hatte mir gesagt, daß sie schwanger sei, daß ich der Vater sei und sie mich heiraten wolle. So kam es dazu, daß sie hinter mir herlief, als ich weggehen wollte. Natürlich mußte sie jemandem davon erzählt haben, einer Freundin bei der Arbeit vielleicht, und sie hatte dieser Freundin das gesagt, was vermutlich der Wahrheit entsprach, nämlich daß Goon der Vater war. Ich las weiter, und dann sagte Ella, daß sie gedacht habe, es wären vier, Kinder meinte sie, und ich sagte ja, das habe ich auch gedacht, aber vielleicht ist es eine Falschmeldung gewesen. Sie hatte angefangen, den Inhalt ihrer Einkaufstasche auf den Tisch zu räumen.

»Rutsch ein Stück mit der Zeitung«, sagte sie. »Du bist im Weg.«

Sie stopfte sich einen Keks in den Mund.

Ich konnte sehen, wie sie kaute. Ihre Zähne waren groß. Sie zermalmten den Keks zu Puder.

Später war ihr Gesicht feucht. Sie hatte sich am heißen Ofen zu schaffen gemacht.

Ich war immer noch der Lohnarbeiter. Sie lachte, als sie mich bezahlte, wurde ein wenig rot, als sei sie nicht sicher, für welchen Dienst sie mich entlohnte.

»Wir verdienen ganz gut«, sagte sie manchmal.

Sie bezog mich mit ein, verteidigte sich gegen ihre Zweifel.

Ich liebte sie unter einer Heumiete, bemerkte zum ersten Mal das feine, rote Aderwerk auf ihrem linken Schenkel.

Wir fuhren den Kanal entlang. Ich sah den Penner wieder, oder vielleicht war es ein anderer, nur daß er uns diesmal unter seiner Hutkrempe beobachtete, als wir vorbeifuhren. Wenn alles »seine Ordnung hätte . . .« Sie meinte natürlich eine Heirat. Die Unschicklichkeit machte ihr zu schaffen. Sie war sich meiner nicht sicher. Sie sprach über die Scheidung. Leslie schrieb davon in seinem Brief, fast entschuldigend. Er hoffte, es ginge uns allen gut. Er hatte eine Stelle als Nachtwächter in einem Kaufhaus. Er fragte, wie es Jim gehe.

Manchmal betrachtete ich ihren Rücken. Ihre Hüften schienen breiter. Die Schürzenbändel baumelten immer noch hin und her. Meistens versuchte sie, attraktiv zu sein, trug Lippenstift und schlug zwanglos die Beine übereinander, so daß ich die geschmeidige, weiße Wölbung der Rückseite ihrer Schenkel sehen konnte. Im Dunkeln liebten wir uns noch immer. Aber tagsüber bemerkte ich, wie sie mich ansah, mich analysierte, Spekulationen über mich anstellte. Einmal sagte sie, sie freue sich darauf, wenn Jim größer sei. Es würde dann alles noch einfacher auf dem Kahn, *mit uns dreien.* Es schien ihr nicht in den Sinn zu kommen, daß ich etwas dagegen haben könnte, das Sorgerecht für ihr debiles Kind zu übernehmen. Es fiel mir schwer, sie ernst zu nehmen. Ich spürte ihren Argwohn.

Aus den Zeitungen gewann ich den Eindruck, daß sie Goon schuldig sprechen würden. Wir hörten, daß Leslie allein als Zeuge in dem Prozeß aussagen würde. Ich begann mich zu fragen, ob ich wohl im Gerichtssaal erscheinen würde, um zu beobachten, wie das Netz der Schuld um den falschen Mann gewebt wurde. Ella machte sich über mein plötzliches Interesse an dem Fall lustig. Sie sagte, sie hätte gedacht, ich würde mich nicht für so etwas interessieren. Aber gleichzeitig schien es ihr auch Freude zu bereiten. Sie half mir dabei, alle Artikel aus den verschiedenen Zeitungen auszuschneiden. Manchmal saß ich abends im Licht der Öllampe und hatte alle Zeitungsartikel vor mir auf dem Tisch ausgebreitet wie die Karten einer Wahrsagerin.

Was, wenn sie ihn für schuldig erklärten? Ich verfluchte meine Verbindung mit Goon. Es *gab keinen* Mord. Die Schuld war erfunden. Und dann legte ich, die Frage noch unbeantwortet, meine Hand auf Ellas Bauch, und wenn sie sich mir zuwandte und sich unsere Schenkel gegeneinanderdrückten, spürte ich den impulsiven Wunsch, mich selbst und meine Freiheit an die rein körperliche Kraft dieser Frau hinzugeben, deren Hände sich um meinen Hintern schlossen und die ihren Unterleib gegen mich drängte, spürte den Wunsch, mich ihr im Bett mit ruhigen Worten anzuvertrauen, wenn unsere Gefühle heftiger wurden, aber jedesmal bevor ich es sagen konnte, war der Höhepunkt vorüber, und sie war wieder von mir getrennt, schwer und getrennt und gefährlich. Und im Bewußtsein der Wärme ihres Körpers an meiner Seite, so träge nun und so gefährlich, lag ich lange Zeit wach. Mein Kopf war nicht leer, aber ich hätte nicht sagen können, daß ich an etwas Bestimmtes dachte.

Ungefähr um diese Zeit kam Ella mit einem Brief vom

Postamt zurück. Er war von ihrer Halbschwester aus Leith und hatte schon seit einiger Zeit bei der Post gelegen. Ihr Mann war aus dem Lkw gefallen und von einem Bus überfahren worden. Er war schon beerdigt. Gwendoline sagte, obwohl sie die letzte sei, die abstreiten würde, daß Sam und sie nicht gerade gut miteinander ausgekommen wären, sei es wie ein Schock gewesen, ein richtiger Schicksalsschlag, der von den Schadensersatzzahlungen seiner Firma nicht vollständig beglichen werden konnte. Sie wollte wissen, wann Ella in Leith sein würde.

Es war Samstag. Wir hatten in Glasgow festgemacht. Ella schickte Gwendoline ein Telegramm, in dem sie ankündigte, daß wir sie alle besuchen kämen, und zwar mit dem Zug. Im Abteil saß ich neben Ella, und der Junge saß uns gegenüber, in einem blauen Matrosenanzug und einem Matrosenhut mit einem Band darum. Ich fühlte mich unwohl mit dem steifen Kragen, auf dem sie bestanden hatte. Ella trug ein glänzendes, schwarzes Kleid, das ihr zu eng war und sie erhitzt und rot aussehen ließ. Wir sprachen nicht viel während der Fahrt.

Gwendoline lebte in einem Mietshaus, das genauso aussah wie alle Mietshäuser in Leith, ein viereckiges, graues Gebäude, mit einer nicht sehr steilen, grauen Treppe mit Eisengeländer, die in jedem Stockwerk zu braunen Eingangstüren mit Messingschildern führte. Es roch nach Müll und verdorbenen Lebensmitteln. Ihre Wohnung war ganz oben im fünften Stock. Jim war zuerst angekommen und erwartete uns schon auf dem Treppenabsatz.

Gwendoline trug einen Bademantel, als sie uns die Tür öffnete. Er klaffte über ihren Brüsten auseinander, die lang, weiß und breiig waren wie der schmale Teil einer Birne. Sie war jünger als Ella. Als sie mich sah, zog sie den Bademantel am Hals zusammen und lächelte.

»Ist das dein neuer Freund, El?«

Ella rümpfte die Nase.

»Das ist Joe«, sagte sie. »Wir werden heiraten.«

Es klang wie ein Ultimatum, und sie sagte es so ernst und bestimmt, als befürchte sie, jemand würde ihr widersprechen.

Gwendoline mußte meine Reaktion bemerkt haben, denn sie lachte und sagte: »Freut mich, dich kennenzulernen, Joe«, und dann trat sie einen Schritt zur Seite, um uns hereinzulassen. »Entschuldigt bitte, daß ich nicht angezogen bin«, fuhr sie fort, »aber ich habe nicht mit Herrenbesuch gerechnet.« Sie fuhr Jim durch die Haare, der wie ein Aal unter meinem Arm hindurch in die Wohnung schlüpfte.

Ihre Lippen waren stark geschminkt, und ihre Haut war sehr weiß, fast gelb im Vergleich zu dem Mund, der aussah wie ein Blutspritzer auf Porzellan. Sie führte uns in eine Art Wohn-Schlafzimmer, wo ihr ungemachtes Bett stand und überall Kleider herumlagen. Das Fenster auf der anderen Seite des Raums war geschlossen, kein Feuer im Kamin, und die Luft roch säuerlich, stickig und abgestanden, durchdrungen von dem widerlichen Geruch des kleinen elektrischen Heizgeräts. Ich nahm an, daß sie vielleicht gerade erst aufgestanden war, um die Tür zu öffnen.

»Setzt euch hin, dann räume ich ein bißchen auf«, sagte sie.

Ella sah sich mißbilligend um. Situationen wie diese brachten ihre schlimmsten Eigenschaften zum Vorschein.

Gwendoline ging umher und stopfte die Sachen außer Sichtweite, ihr langes, kastanienbraunes Haar hing ihr in Strähnen um die bleichen Wangen. Sie war eine starke Raucherin. Überall waren Zigarettenkippen, und die Nägel der beiden ersten Finger ihrer rechten Hand hatten Nikotinflecken.

Zunächst beachtete ich sie kaum. Ich sah Ella an. Sie saß in ihrem glänzenden, schwarzen Kleid in einem alten Sessel, ihre Lippen waren geschürzt, und eine Aura der Ehrbarkeit umgab sie, von ihren steifen Hüften bis hinauf zur Neigung ihres Kopfes; ein moralisches Werturteil, das nach Eau de Cologne roch. Ich fragte mich, wie nah ich dem Selbstmord gewesen war, als ich ihr beinahe die Wahrheit über Cathie anvertraut hätte. Ich dachte mit Entsetzen daran, daß ich es ihr tatsächlich fast erzählt hatte. Es schien jetzt völlig absurd. Ich wandte meinen Blick ab und sah auf einen Funken in dem elektrischen Heizgerät. Zzz ... Wenn ich mich vorbeugte, konnte ich das Zischen hören. Plötzlich ein Gefühl wie ein dumpfer Hammerschlag, Goons weitaufgerissener Mund, die Haare seines roten Kopfes lebendig durch den Elektroschock ... Zum Glück richteten sie ihn nicht auf dem elektrischen Stuhl hin ...

Ich war im Weg.

»Entschuldige, Joe!« sagte Gwendoline, als sie mich streifte. Sie nahm die Hand wieder vom Bademantel, und als sie sich hinunterbeugte, um einen Seidenstrumpf vom Boden aufzuheben, sah ich ihre langen, birnenförmigen Brüste herunterhängen, die dort, wo das Licht des elektrischen Heizkörpers auf sie fiel, orangefarben glühten. »Ich mache uns eine Tasse Tee«, sagte sie, als sie sich wieder erhob.

Ella sagte, sie würde ihr helfen, und die beiden Frauen, gefolgt von dem Jungen, gingen hinüber in das benachbarte Zimmer. Ich sah auf die Zigarettenstummel und die schmutzige Unterwäsche, die schnell unter ein Kissen gestopft worden war, und dann ging ich hinüber zum Bett und legte meine Hand auf das Laken, wo sie gelegen hatte. Es war noch warm, und ich spürte Kekskrümel unter meinen Fingern. Auf dem Nachttisch lagen eine verbogene Haarklammer, ein Haarband, ein Aschenbecher voller Kippen, an denen Lippenstiftreste waren, und ein kleiner, grauer Kaugummiball. Neben dem Aschenbecher ein Röhrchen mit Aspirin. Wie ein Lagerangestellter bei der Inventur registrierte ich alles. Gwendoline, eine Witwe. Sie hatte etwas

Zielloses an sich, etwas Kaulquappenartiges, und man konnte sich vorstellen, daß sie, wenn sie neben einem Mann aufwachte, dort liegenbleiben würde, weil sie zu faul wäre aufzustehen. Am Fuß des Bettes lagen eine Tageszeitung und ein Astrologiebuch. Letzteres klappte in meinen Händen an einer Stelle auf, wo sie folgendes unterstrichen hatte:

Die panische Angst, die der Mond in uns hervorruft, ist nicht völlig ungerechtfertigt. Es gibt zahllose, offenkundige Beweise für seinen bösen Einfluß. Vor allem ein roter Mond ist abscheulich.

Ich betrachtete einen Moment lang verblüfft den Text, bevor ich das Buch wieder schloß und mit der Zeitung zu meinem Stuhl zurückkehrte.

Es stand nichts drin über mein Verbrechen.

Als sie mit dem Tee zurückkamen, saß ich immer noch da.

»Gwen wird ein bißchen Urlaub bei uns machen«, sprudelte Ella hervor.

»Oh?«

»Sie kommt für ein oder zwei Wochen mit zu uns auf den Kahn.«

Gwendoline lächelte mich an. Sie hatte ihren Bademantel inzwischen richtig angezogen und gesichert, ihre spitz zulaufenden Brüste waren nicht mehr zu sehen.

»Ich hoffe, es macht dir nichts aus, Joe? Ich beende doch damit hoffentlich nicht eure Flitterwochen?«

Ich zuckte mit den Schultern. Ich war froh, daß Ella etwas sagte, bevor ich den Mund aufmachen konnte, denn mir fiel nichts ein, was ich hätte sagen können.

»Es wird ihr guttun«, sagte Ella. »Sie packt jetzt gleich und fährt heute abend mit uns mit dem Zug zurück.«

»Ich trink nur noch schnell eine Tasse Tee«, sagte Gwendoline.

Zwei Tage später, an einem schönen Frühlingsmorgen, beluden wir den Kahn zeitig mit Kalkstein. Gegen Mittag hatten wir schon ein ordentliches Stück auf dem Kanal zurückgelegt.

Es tat gut, am Steuerrad zu stehen und auf die grünen und braunen Felder zu sehen, die sich zu beiden Seiten bis zum Horizont erstreckten. In dieser Gegend gab es fast gar keine Bäume, und die Sicht über die Felder war durch nichts verstellt. Die Sonne schien kräftig, und auch das gelbschwarze Kanalwasser sah dadurch ganz verändert aus, es glitzerte, wenn es sich hinter uns in langen, schwarzen Flocken von den Bilgen löste. Das Steuerrad war warm von der Sonne. Alles schien weit weg zu sein, die Ereignisse genauso wie die Dinge, und ich hätte beinahe den Klempner, die tote Frau, Leslie und sogar die beiden Frauen unten vergessen.

Gwendoline stand nicht zum Frühstück auf. Sie schlief lange, ein Schönheitsschlaf. Sie war nicht die Sorte Frau, die sich auf dem Kahn nützlich machen konnte. Nicht, daß ich das gewollt hätte. Ich hatte kein Interesse daran, alles immer schnell und effektiv zu erledigen. Ich hätte auch nichts dagegen gehabt, den Motor abzustellen und irgendwo am Ufer festzumachen oder den Kahn für eine Woche zu vertäuen, solange sich das Wetter hielt oder die Lebensmittel reichten. Vielleicht stimmte das nicht *ganz*. Normalerweise konnte ich es ohne Abstriche von mir behaupten. Das war meine Art zu leben. Aber seit der Verhaftung des Klempners war ich unruhig und wie ein Idiot an Zeiten, Ereignisse und Prozesse gekettet, über die ich keine Kontrolle hatte.

Gegen Mittag kam sie an Deck, stieg den Niedergang hoch und näherte sich mir fast unbemerkt. Sie war zurechtgemacht. Nachdem sie mich ein paar Minuten lang beobachtet hatte, wollte sie das Steuer übernehmen, und ich setzte mich neben sie, als sie steuerte. Ich drehte mir eine

Zigarette. Zunächst sagte keiner von uns ein Wort. Sie schien vertieft in ihre Arbeit, die sie gut machte (sie war mit Ella auf dem Kahn groß geworden), und sah immer geradeaus nach vorn. Dann stellte sie mir eine Frage.

»Wirst du Ella wirklich heiraten, Joe?«

»Das hat sie gesagt«, erwiderte ich ausweichend.

»Und was sagst du?« fragte sie.

»Ich sage gar nichts.«

»Wie du willst!« sagte sie. »Es geht mich sowieso nichts an.«

Der Ansicht war ich auch. Sie sah zurück über den Kanal.

Sie trug eine Hose. Sie hatte das Strähnige aus ihren Haaren gebürstet, aber durch den rotbraunen Haarton sah ihr Gesicht sehr weiß aus, wie Weißbrot mit Marmelade, wegen des Lippenstiftstreifens. Sie war nicht so groß wie Ella, jünger und dünner. Sie war intelligent genug, um zu wissen, daß ich nicht die Absicht hatte, Ella zu heiraten. Aber das schien sie nicht zu berühren.

Sie sah aus, dachte ich dann, als sei sie gerade erst aufgestanden. Sie sah wohl immer so aus. Selbst an einem sonnigen Frühlingstag hatte sie diese blasse, feuchte Gesichtsfarbe, die manche Frauen haben, so daß man glaubt, wenn man mit der Handfläche über ihre Haut riebe, würde sie naß werden, die Art von Blässe, die einen an Krankenhäuser und Flanellunterwäsche denken ließ. Mir fiel ein, daß sie möglicherweise Tb hatte. Der Gedanke an ihre mageren Brüste schien den Eindruck zu bestätigen. Sie war sicherlich überall weiß, weiß mit ein paar rosa Stellen dort, wo sie sich hingesetzt oder wo ihre Gürtelschnalle gescheuert hatte, eine lange, weiße Wurzel mit einem Büschel sprödem, rotbraunem Kraushaar in der Mitte. Und trotzdem war Gwendoline auf eine bestimmte Art attraktiv, nicht in ihren Gesichtszügen, die flach und wächsern waren, nicht durch den hervorspringenden Unterleib und auch nicht durch die verfrüht dünn gewordenen Beine, sondern durch ihre ganze Haltung. Ich zweifelte daran, daß sie schon jemals so etwas wie Selbstgerechtigkeit empfunden hatte.

Ich hatte die Zigarette fertig gedreht und zündete an der Sohle meiner Stiefel ein Streichholz an. Dann warf ich es über den Bug und beobachtete, wie es auf der Wasseroberfläche am Schiff vorbeidriftete, und diese Bewegung erinnerte mich an die Flasche, die Streichholzschachtel und die Holzspiere, die vorbeigetrieben waren, als ich im Wasser nach Cathies Körper gesucht hatte.

Gwendoline sprach jetzt wieder.

»Langweilst du dich nie auf dem Kanal, Joe?«

»Natürlich, hin und wieder.«

»Das dachte ich mir doch. Du bist nicht der Typ dafür.«

Ich widersprach nicht.

»Man muß dazu geboren sein«, sagte sie.

Statt einer Antwort schnippte ich die Asche von der Zigarette.

»Und selbst dann«, fuhr sie fort, »wenn du so bist wie ich, kannst du gut darauf verzichten.«

»Warum?«

»Es ist kein Leben«, sagte sie. »Ich wußte vom ersten Moment an, als ich dich sah, daß du nicht dazu gemacht bist.«

Ich war von ihrer Sicherheit nicht besonders beeindruckt.

»Hast du es in den Sternen gelesen?« fragte ich spöttisch.

»Du hast doch keine Ahnung«, sagte sie geradeheraus. »Und witzig bist du auch nicht.«

Wir hörten, wie das Kind unten herumbrüllte.

»Er ist eine Plage«, sagte Gwendoline. »Aber ernsthaft, Joe, du weißt genausogut wie ich, daß du die Schnauze voll hast.«

»Es ist ein Job wie jeder andere.«

Sie lachte.

»Wann wirst du sie sitzenlassen, Joe?«

»Heute, morgen, irgendwann«, antwortete ich. »Ich kann nicht in den Sternen lesen.«

»Halt's Maul!« sagte Gwendoline grob.

Nach ein paar Minuten des Schweigens redeten wir weiter. Sie erzählte mir, daß Ella nicht trank und daß sie nicht verstehen könne, daß ein Mensch nicht trinke, und wenn sie am nächsten Morgen nicht immer so einen dicken Kopf hätte, würde sie sich jeden Abend vollaufen lassen. Sie mochte Gin, sagte sie, nicht Gin mit Limone oder Gin mit Wermut oder irgend etwas anderem: Gin pur. Sie fand es nicht bitter. Sie schlug vor, einmal zusammen einen trinken zu gehen, wir könnten Ella doch einfach sagen, wir gingen ins Kino. Sie nahm offenbar nicht an, daß ich lieber ins Kino gehen würde als sie. Sie selbst vertrieb sich die Zeit am allerliebsten mit einem schönen Nickerchen und einem Gläschen Gin.

Trotz der Hosen sah sie am Steuerrad fehl am Platz aus. Die Hose war aus einem weichen, grünen Velours, hatte Fettflecken und war an den Knien ausgebeult. Sie trug keine Strümpfe. Sie erzählte gerade, was sie wirklich haßte, und das waren Zahnarztbesuche.

Ella kam kurz darauf an Deck und rief Gwendoline zum Essen hinunter. Wenn wir unterwegs waren, aßen wir unser Abendessen immer in Schichten. Ich war wieder allein auf dem Deck. Ich konnte die zwei Frauen unten lachen und reden hören, und dann die Stimme des Jungen, ein derbes Zischen, und plötzlich beneidete ich sie. Auf eine bestimmte Art waren sie alle drei in Sicherheit; die Absurdität, die sie (wenn überhaupt) erlebten, war annehmbar; sie waren beschützt von ihren Denkmustern, von der Tatsache, daß sie weder in einen »Mord« verwickelt waren noch in etwas, was man für gewöhnlich als »wahnsinnig« bezeichnet. Aber die Absurdität, die mich bedrohte, stand am Ende aller Möglichkeiten, und oft, wenn ich allein war, überkam mich eine schreckliche Sicherheit, daß sie über mich hereinbrechen würde und daß, wenn sie es täte, ich weder die Freiheit hätte, sie anzunehmen noch abzulehnen. Der Tod hatte nichts Vorübergehendes. Kein normaler Mensch konnte ihn akzeptieren.

Aber ich war froh, wieder allein am Steuerrad zu stehen, mit der Sonne auf den Händen und den kleinen Wellen, die ein Stück vor mir wie Speerspitzen aus dem Wasser ragten, auf dem mir ein von einem Pferd gezogener Kahn entgegenkam. Das von dem Mann geführte Clydesdale-Pferd stemmte sich gleichzeitig nach vorne und zur Seite. Lange Zeit blieb es weit weg, Mann, Pferd und Kahn, wie ein Insekt mit drei Körpersegmenten, und dann, ganz plötzlich, waren sie einzeln und wurden rasch größer, bis wir schließlich fast auf gleicher Höhe waren und der Mann grüßend seine Hand hob. Keiner von uns beiden sagte etwas. Als sie vorbei waren, drehte ich mich um. Das Pferd stemmte sich immer noch nach vorne und zur Seite, und der Mann blickte unentwegt geradeaus. Die Stimmen drangen abermals von unten zu mir hoch. Der Junge sagte etwas von Reispudding, und Ella hatte ihre Stimme erhoben. Abgesehen von einer leichten Sorge hatte ich wegen Ella keine Skrupel. Sie war wieder genau die geworden, die sie am Anfang gewesen war, Leslies Frau. Früher oder später – ich war vorübergehend unfähig, eine Entscheidung zu treffen – würde ich sie verlassen. Ich nahm sie inzwischen fast wie eine chemische Reaktion wahr, die mich assimilieren wollte. Sie wollte mich dazu zwingen, ihr das zu geben, was ich ihr freiwillig gegeben hatte. Ich glaube, Gwendoline wußte das von Anfang an und hatte Mitleid mit mir, und vielleicht war es das, was mich an ihr anzog.

Am Nachmittag machten wir in Clowes fest. Ella wäre gerne noch ein Stück weitergefahren, denn es würde bis nach sieben hell sein, aber sie bestand nicht darauf. Gwendoline hatte ihr schon gesagt, daß ich sie ins Kino ausführen sollte.

Gwendoline war zugleich jung und alt. Sie war weniger sinnlich als Ella, und es war offensichtlich, daß sie sie verachtete. Und ich konnte sehen, daß sie wollte, daß ich Ella mit ihr betrog. Es war schwer zu glauben, daß sie erst neunundzwanzig war. Sie sah älter aus, und doch hatte ihr Körper mitunter etwas Jugendliches an sich. Sie hatte einen roten Rock und einen grünen Pullover angezogen, dessen Vorderseite mit weißen Vs verziert war und der gerade nach unten fiel, da sie nichts trug, um ihre langen, konischen Brüste zu stützen. Sie hatte weiße, vorne offene Pumps an, und wenn sie die Beine übereinanderschlug, war ich fasziniert von den beiden dicken, rotlackierten Zehennägeln an der Schuhspitze und den feinen, kupferfarbenen Härchen, die das Schienbein hinunterliefen. Ich fragte mich, ob sie eine Prostituierte war. Ich konnte spüren, daß sie Männern im Grunde gleichgültig gegenüberstand.

Auf dem Rand ihrer Teetasse prangte ein Lippenstiftbogen.

Wir sprachen nicht viel auf dem Weg in den Pub (eine Hotelbar, die einzige, in die auch Frauen durften), und als wir an unserem Tisch saßen, rauchte Gwendoline – rot, grün, weiß und dünn – eine Zigarette nach der anderen und nippte an ihrem Gin. Sie tupfte sich die Lippen mit einem Taschentuch ab und sagte, ihrer Ansicht nach wäre es an der Zeit, daß Ella aus meinem Leben verschwand.

»Hol uns noch einen Gin, Joe«, sagte sie.

Ich hatte die ersten Drinks mit dem Kleingeld bezahlt, das ich in der Tasche hatte. Als ich jetzt meine Brieftasche herauszog, um die neuen Drinks zu bezahlen, fiel ein Foto von Cathie auf den Boden. Ich erstarrte einen Moment lang. Die Bedienung hob es auf und gab es mir zurück, ohne einen Blick darauf zu werfen. So ruhig wie möglich steckte ich es zurück. Gwendoline lächelte.

»Eine alte Freundin?« sagte sie.

»Ja«, antwortete ich. »Sie ist gestorben.«

»Und da trägst du es imnmer noch bei dir?«

»Ich weiß auch nicht warum. Ich hätte es schon vor langer Zeit wegwerfen sollen.«

»Das solltest du wirklich! Die Toten können für sich selbst sorgen!«

Sie drückte ihre Zigarette im Aschenbecher aus.

»Trink aus«, sagte sie. »Wir müssen noch ein Geschäft erledigen.«

Wir liebten uns sehr kalt und mechanisch auf einer Wiese. Es war nicht wirklich ein Geschäft, weil kein Geld zwischen uns ausgetauscht wurde. Es war sehr dunkel, der Boden fast überall fest, aber hier und da hatte der Wind eine Kruste auf dem Schlamm gebildet, und darunter war er weich und unsere Füße sanken ein. Ihre Wangen waren sehr kalt. Als ich ihre Brüste berührte, reagierte sie gar nicht. Das Glühen ihrer Zigarette war gleichzeitig hell und trüb, sie schien völlig abwesend.

Sie unterbrach mich rechtzeitig. Sie sagte, sie wolle keinen Ärger. Und dann, als es vorbei war und sie sich wieder erhoben hatte, beschwerte sie sich, daß ich sie komplett eingesaut hätte und war lange damit beschäftigt, sich wieder sauber zu machen. Ihre Zigarette glomm noch immer im Gras. Ich trat sie aus. Ich fragte mich, ob sie immer so war, wenn sie mit jemandem schlief. Sie hatte mich kaum wahrgenommen.

Wir schlenderten langsam zurück zum Kahn und unterhielten uns zwanglos über Leith, wo wir beide gelebt hatten. Sie mochte Leith, sie sagte, sie wolle wahrscheinlich nach Leith zurückgehen und sich dort niederlassen, wenn die Schadensersatzzahlungen für den Tod ihres Mannes da wären. Es sei schwer zu glauben, daß er tot war, sagte sie. Was sie mehr als alles andere überzeugte, war die Tatsache, daß sie morgens nicht mehr davon geweckt wurde, wie er mit seinen Stiefeln vom Zimmer in die Küche und zurück trampelte. Er war ein kräftiger Mann gewesen, so wie Leslie. Dann lachte sie. Armer Sam. Es war kein schöner Zug von ihr, daß sie jetzt nur Schlechtes von ihm sagte, sie wisse das, aber welchen Sinn sollte es haben zu lügen? Natürlich tat er ihr leid, es war so plötzlich gekommen, da geht man eines Morgens wie an jedem anderen Tag zur Arbeit, und dann passiert so etwas. Da kommt man ins Grübeln. Es war ein komisches Gefühl, als sie ihr die Nachricht überbrachten. Glücklicherweise hatte sie keine Zeit, sich länger damit zu befassen. Er mußte schnell begraben werden – so schnell wie möglich, weil der Bus, der ihn überfahren hatte, als er vom Lkw fiel, ihn schlimm zugerichtet hatte. Die Polizei hatte ihr sehr geholfen, vor allem ein junger Mann mit blondem Haar und einem Walroßschnurrbart, der ihr immerzu Tee machte. Sie hatte immer etwas gegen die Polizei gehabt, aber es hatte sich herausgestellt, daß einige von ihnen ganz normale Menschen waren.

Es war eine stille Beerdigung, der junge Polizist brachte sie anschließend nach Hause, und sie hatte Mitleid mit ihm, er war so ungeschickt, deshalb ließ sie es ihn auf dem Sofa machen. Irgendwie kam ihr das Bett unpassend vor. Er war sehr nervös, und es dauerte sehr lang, bis er sich dazu entschließen konnte. Er sagte, er fühle sich, als würde er ein Grab schänden. Die Beerdigung hatte ihm den ganzen Mumm aus den Knochen genommen. Aber als sie sagte, jetzt oder nie, drehte er noch einmal auf und holte seine Vogelscheuche heraus. Nun, so weit, so gut, aber sie fand es schon ein starkes Stück, daß er sie jetzt ständig anrief und ihr an seinen dienstfreien Tagen Veilchen und Maiglöckchen vorbeibrachte. Sie reichte ihm den kleinen Finger, und er nahm die ganze Hand, sagte sie. Ich hatte das Gefühl, daß sie eine Antwort von mir erwartete, und deshalb nickte ich und sagte, daß ich, obwohl ich den Wunsch des jungen Mannes, die Beziehung fortzusetzen, verstehen könne, auch ihren Standpunkt nachvollziehen könne.

»Na, das hoffe ich doch«, sagte sie ziemlich keß. Sie fügte hinzu, sie habe festgestellt, daß die meisten Männer so waren und daß sie hoffe, ich sei da anders.

Ich versicherte ihr, daß ich anders sei.

Sie war froh darüber.

Sie wurde vertraulicher. Und überhaupt, sagte sie, so toll war es nun auch wieder nicht. Sie wußte das, und sie war sich sicher, daß ich es auch wußte. Der ganze Hollywood-Quatsch, sagte sie. Sie würde jederzeit einem Gläschen Gin den Vorzug geben und durch Gedankenassoziation kam sie zu der Schlußfolgerung, daß es im Leben nichts umsonst gebe.

Ich sagte, ich vermutete, sie habe recht.

»Du bist clever, Joe«, sagte sie. »Ich wußte es in dem Moment, als du zur Tür hereinkamst. Ella ist eine verdammte Närrin. Das war sie schon immer.«

Wenn ich nach unten blickte, konnte ich sehen, wie ihre Füße langsam über die Steine balancierten, und darüber die dünnen weißen Beine bis hinauf zum Rock. Sie rauchte. Sie schien davon auszugehen, daß ich in allem ihre Haltung teilte. Sie erwartete nicht, daß ich ihr widersprach.

Ich fragte sie, wie es ursprünglich dazu gekommen sei, daß sie den Kahn verlassen habe.

Diesbezüglich habe sie keinen Fehler gemacht, sagte sie. Das war doch kein Leben auf dem Kahn. Ihr großer Fehler war gewesen zu heiraten, Sam gab ihr zwei Pfund pro Woche für den Haushalt und erwartete von ihr, daß sie sein verdammtes Dienstmädchen war. Sie fragte mich, ob ich mir das vorstellen könne.

Ich nickte mitfühlend.

Sie konnte jeden Abend in der Woche mehr Geld verdienen, fuhr sie fort, und mußte dafür nicht herumrennen und hinter einem Mann herräumen. Es dauerte nicht lange, bis sie ihren Fehler erkannt hatte, und danach versuchte sie, das Beste daraus zu machen, aber es war schwierig, weil Sam abends immer nach Hause kam und sie mit dem auskommen mußte, was sie kriegen konnte, was nicht viel war, weil die ganzen jungen Männer um diese Zeit arbeiteten und nur die alten Rentner und die, die stempeln gingen, übrigblieben, und von denen hatte keiner Geld. Trotzdem, so schlecht war es gar nicht, denn die Rentner wollten nicht viel, nur mal kurz anfassen, in einer Minute war alles vorbei, nicht wie bei Sam.

Wir näherten uns dem Kahn, und sie meinte, wir sollten Ella besser sagen, daß wir im Kino gewesen waren, und so einigten wir uns auf einen Film, den wir beide gesehen hatten, damit wir etwas dazu sagen konnten, falls sie uns fragen würde.

»Wenn alle Männer wie du wären, Joe«, sagte Gwendoline, »lägen die Dinge vielleicht anders.«

Ich war mir nicht sicher, daß ich wußte, was sie meinte, aber ich widersprach ihr nicht. Was immer sie von sich gab, sie brachte es mit großer Überzeugung vor, und ich wollte sie mir nicht zur Feindin machen.

Ella war sehr still. Sie kochte uns einen Tee. Gwendoline sah mich an und schnitt eine Grimasse.

Ich fragte mich, ob Ella einen Verdacht in bezug auf mich und Gwendoline hatte. Sie wich meinem Blick aus, seit wir zurückgekommen waren, und sie machte einen verletzten Eindruck, stellte aber keine Fragen.

Gwendoline lächelte. Ich registrierte, daß sich ihr kleiner Finger wie ein Auslöser krümmte, wenn sie die Tasse hochnahm und daraus trank. Ich ärgerte mich über sie. Sie machte die Dinge nur noch komplizierter. Es schien ihr Freude zu bereiten, Ella in gedrückter Stimmung und mich hilflos zu sehen, unfähig, ein Gespräch in Gang zu bringen.

Nach einer halben Stunde ging Gwendoline in die vordere Kabine schlafen. Sobald sie verschwunden war, machte Ella sich bettfertig. Sie sah müde aus. Sie räumte den Tisch ab und zog sich aus, noch immer wortlos. Ich ging zu ihr und wollte sie in die Arme nehmen, aber sie stieß mich von sich.

»Laß mich in Ruhe, Joe.«

Ich dachte: »Zur Hölle mit den beiden.« Ich ging hoch an Deck und rauchte eine Zigarette. Es war eine klare Nacht, die Sterne standen hoch und weit weg, der Himmel war gewölbt, dunkel und unpersönlich, und ich wußte, daß es unter dem gleichen unpersönlichen Himmel andere Männer gab, die trotz der Tatsache, daß in ein paar Tagen der Klempner Goon vor Gericht stehen würde, die Beweise abwägten und routinemäßig nach einer neuen Spur suchten. Aber die Nacht war regungslos, leer.

Ich dachte an Ella. Ich wußte jetzt, daß ich sie verlassen würde. Und früher oder später mußte ich weit weg gehen. Ich blieb eine halbe Stunde an Deck und rauchte. Als ich wieder hinunterkam, schlief Ella.

4. Kapitel

Von meinem Tisch in der Bar aus konnte ich die rechtekkige Scheibe sehen, auf der »Bass« in Spiegelschrift stand. Das letzte Tageslicht vermischte sich über die Trennwand hinweg mit dem schwachen elektrischen Licht, das mit dem Schwinden des Tageslichts merklich heller geworden war, gelber, passender zu den Männern in der Bar, den Flaschen und den Gesprächen. Die Szene schien durch das künstliche Licht mehr im Mittelpunkt zu stehen; und von draußen, von jenseits der Pendeltür, kam das Dröhnen des Straßenverkehrs zusammen mit dem Mann herein, der dort zögernd stehenblieb, seinen rötlichen Blick auf der Suche nach einem bekannten Gesicht so lange über die Menge schweifen ließ, bis seine Augen verweilten und die Hand sich grüßend hob – Bill! Und der andere wandte sich von der Gruppe ab und lächelte ihm zu, die Pendeltür schwang und kam zum Stehen, dann schloß sie sich, schnitt die Geräusche von draußen ab, und die Lautstärke und Aufgeregtheit der Diskussion setzte wieder ein, Getränkebestellungen und Bargeräusche, derer ich mir bewußt war, seit ich hier saß, überdeutlich, wie sie nur ein Mensch wahrnimmt, der aus dem einen oder anderen Grund ausgeschlossen ist. Ich hatte die Zeitung hingelegt, unentschlossen, ob ich mich über die Nachricht, daß Goon in zehn Tagen vor Gericht stehen würde, freuen sollte, hatte hinaus auf das Rechteck des allmählich schwindenden Tageslichts geblickt und am Schaum meines Biers genippt, das nach Malz schmeckte. Ich hatte gehört, wie einer der Männer wütend seinen Namen erwähnt hatte und die Frage stellte, warum öffentliche Gelder verschwendet würden, um so einem Scheißkerl einen Prozeß zu finanzieren, schließlich sagte ein anderer: »Sehr richtig«, und wieder ein anderer ließ grinsend eine Bemerkung fallen, die ihn und den Mann an seiner Seite in schallendes Gelächter ausbrechen ließ. Die Diskussion wurde leiser und schwoll wieder an, nur gelegentlich unterbrochen von einer zackigen Bestellung oder von jemandem, der mit der Zeitung herumfuchtelte. Ich sah hinunter auf meine eigene Zeitung und las in einer Spalte am Rand: »Seine Frau sagt: Wenn er es getan hat, dann wäre es besser für ihn, er wäre tot.« Soviel zum armen Goon. Die arme Sau, mit einer Frau wie dieser. Ich schauderte. In der Bar stieß die Andeutung, daß Goon nicht schuldig sein könnte, auf eine Mauer ungläubigen Protests, bis der Sprecher mit dem Hinweis, man werde noch an seine Worte denken, sagte, es sei offensichtlich die Tat eines gemeingefährlichen Wahnsinnigen gewesen, eines Jack the Ripper ohne Rasiermesser.

»Nekrophilie heißt das, aber das lassen sie nicht raus«, sagte er in die darauffolgende Stille. »Denkt an meine Worte! Ihr werdet sehen!«

Die Unterhaltung wurde zusehends hitziger. Ich hörte, wie einer sagte, aufhängen wäre noch zu gut für jemanden wie Goon; ein Mann, der die Finger nicht von den Frauen lassen könnte, sollte verbrannt werden.

Ich stand bei all dem außen vor durch meine Gewißheit, daß Goon unschuldig war, und begann zu ahnen, als was für ein phantastisches Kasperletheater der Prozeß sich herausstellen würde. Das verstörte mich, und der grelle Schein der gelbgetünchten Wand und die extrem verrauchte Luft schmerzten in meinen Augen. Ich hatte die Wand angestarrt und nur zugehört ... irgendwie wurde dadurch das Ganze weniger real. Aber ich blieb nicht lange. Ich trank aus und verließ die Bar mit den Worten der Ehefrau im Ohr: *Wenn er es getan hat, dann wäre es besser für ihn, er wäre tot ...*

Mein Gott!

Ich ging zurück zum Kahn. Er war ziemlich nah an der Stelle festgemacht, an der wir Cathies Körper aus dem Wasser gefischt hatten. Ich ertappte mich bei dem Gedanken daran, wo sie jetzt wohl war. Sie würde auf irgendeinem Friedhof begraben werden. Ich fragte mich, ob es einen besonderen Ort für Mordopfer gab, auf die keine Verwandten Anspruch erhoben, eine anonyme Grube, in die ihre zerschundenen Überreste nach der Autopsie geworfen wurden. Die Brutalität meiner Gedanken ließ mich innehalten. Ich fühlte mich leer und sehr einsam, als wäre auf eine merkwürdige Art und Weise ein Teil von mir beschriftet, verpackt und bestattet worden. Das lüsterne Interesse der Männer in der Bar war mir zuwider.

Während ich weiterging, erinnerte ich mich genau daran, wie sehr sich ihr Körper von Ellas und Gwendolines unterschied. Er war jünger, geschmeidiger, nicht so gedunsen; von einem bräunlichen Gelb, das auf dem Rücken in ein gelbliches Weiß überging; und ich erinnerte mich daran, wie sie mich in ihren sanften Armen liebevoll aus öder Schlaflosigkeit befreite.

Es hatte eine Zeit gegeben, in der wir – denke ich – glücklich waren. Lange Sommertage, an denen wir niemanden sahen, in dem Cottage am Rande des Hochmoors. Ich wollte ein Buch schreiben, ein Meisterwerk, und wir wollten ins Ausland reisen. Wir verbrauchten ein paar hundert Pfund, die sie nach dem Tod ihres Vaters bekommen hatte. In den ersten Wochen danach hatte ich ein paar Aushilfsjobs auf den benachbarten Höfen. Aber das war nichts von Dauer. »Wenn ich noch eine verdammte Kartoffel sehe, drehe ich völlig durch!« Also zogen wir in die Stadt, und

Cathie ging arbeiten. Sie kam müde nach Hause, und nach einiger Zeit schlich sich eine gewisse Verbitterung ein. »Es würde mir nicht so viel ausmachen, wenn ich das Gefühl hätte, du würdest irgendwann mal fertig werden«, sagte sie. »Glaubst du, das geht so einfach? Glaubst du, alles, was ich zu tun habe, ist mich hinzusetzen und das verdammte Ding zu schreiben? Ich habe keine Handlung. Ich habe keine Figuren. Ich interessiere mich nicht für all das, was einen herkömmlichen Roman ausmacht. Verstehst du? Das ist Literatur, das ist verlogen. Ich muß mit dem Hier und Jetzt beginnen. Ich . . .« – »Nein, das verstehe ich nicht«, antwortete sie. »Ich verstehe nicht, warum du kein normales Buch schreiben kannst, ein Buch, das andere Menschen verstehen. Das geht jetzt schon acht Monate so. Ich stehe früh auf, sitze den ganzen Tag in einem beschissenen Büro, und wenn ich nach Hause komme, bist du entweder betrunken oder du schläfst! Was hast du heute gemacht, Joe, als ich draußen war, um das Geld zu verdienen, von dem wir leben?« – »Ich habe Custard gemacht«, sagte ich mit gefährlich klingender Stimme. »*Was* hast du gemacht?« – »Ich habe Custard gemacht. Hier ist er.« Ich hielt eine große Schüssel mit dem dicken, gelblichen Vanillepudding hoch. Ich hatte mich an diesem Morgen, als ich nicht schreiben konnte, nach etwas umgesehen, was ich sonst tun könnte. Da fand ich ein altes Custard-Rezept. Es war der beste Custard, den ich jemals gegessen hatte. Ich hatte mich darauf gefreut, daß Cathie nach Hause kommen und den Custard probieren würde. »Custard!« sagte sie und hätte genausogut »Wanzen!« sagen können. »Ich arbeite den ganzen Tag und du machst Custard!« Ohne ein weiteres Wort begann sie, sich umzuziehen.

»Ich dachte«, sagte ich einen Augenblick später, »der Custard wäre eine gute Idee. Deshalb hab ich ihn gemacht. Da steht er, auf der Anrichte.«

Ich ging hinüber zu der Schüssel. Es war eine sehr große Schüssel mit knapp eineinhalb Litern Custard.

»Es ist mir scheißegal, wo er ist!« sagte sie und zog sich einen Strumpf aus. »Du wirst ihn allein essen müssen. Ich will mit Sicherheit keinen Custard.«

Ich sah sie an. Plötzlich war ich sehr wütend auf sie. Ich hatte mich den ganzen Tag über gelangweilt. Es hatte mir Spaß gemacht, den Custard zuzubereiten. Ich hatte nicht die geringste Lust, mir ihre gehässigen Bemerkungen darüber anzuhören. Ihr Gesicht hatte diesen dämlichen, trotzigen Ausdruck angenommen. Er machte mich rasend. Sie sah mich noch nicht einmal an. Sie zog sich die Naht ihrer Seidenstrümpfe gerade. Darüber trug sie ein schwarzes Nylonhöschen. Sonst nichts. Ihre Haare, noch von der Arbeit zu Zöpfchen geflochten, hingen ihr ins Gesicht, als sie sich nach vorne beugte, um den Strumpf an ihrer Wade geradezuziehen. Ich sprach langsam und drohend.

»Ich habe Custard gemacht, und du wirst ihn essen«, sagte ich.

Ich weiß auch nicht, warum ich unbedingt wollte, daß sie ihn aß, aber es war so.

»Weißt du, was du damit machen kannst?« fragte sie spöttisch.

»Ich weiß, was ich damit machen werde!« antwortete ich.

Ich bewarf sie damit.

Der Custard glitt aus der Schüssel, ein massiver, gelber Klumpen, segelte durch das Zimmer und traf sie auf der Brust. Er war noch nicht hart geworden. Er hatte die Konsistenz einer weichen Klebmasse. Sie schrie, kippte mit dem Stuhl nach hinten und flog, den ganzen Körper voller Custard, der Länge nach rückwärts auf das staubige Linoleum des Fußbodens. Ihre Beine hoch über dem Kopf und ihr heißer, ausladender Hintern, der weißlich unter dem hauchdünnen Nylon schimmerte, animierten mich zu weiteren Taten. Ich nahm ein Stück Holz aus dem Kamin, das

Seitenstück einer zerbrochenen Eierkiste, und stürzte mich auf sie. Sie wimmerte vor Angst.

»Du Scheißkerl! Du Scheißkerl! Du Scheißkerl!« rief sie immer wieder.

Ich nahm sie am Arm und drehte sie so, daß ihr großartiger, breiter und nun mit Custard verschmierter Hintern vor mir lag, und prügelte mit der ganzen Kraft meines rechten Armes mit der harten Holzlatte auf sie ein. Ungefähr eine Minute lang schlug ich erbarmungslos zu. Sie gab schrille, jaulende Geräusche von sich, als ich sie über den verstaubten Boden drosch. Der Custard tropfte von ihren Brustwarzen und vermischte sich bereits mit den kurzen Haaren ihres Geschlechts. Ich hielt inne, ging hinüber zum Kaminsims und nahm eine Flasche mit leuchtendblauer Tinte. Sie kauerte jetzt auf dem Boden, weinend, keuchend und zitternd. Ich leerte den Inhalt der Flasche über ihrem Kopf und den Schultern, wo er sich mit dem Custard vermischte. In diesem Augenblick fielen mir die Sauce und das Vanillearoma wieder ein. Ich fügte alles dem Ganzen bei, Tomatenketchup, braune Sauce und ein Fläschchen Vanillearoma. Blau, grün, gelb und rot, alle Farben des Regenbogens.

Ich weiß nicht, ob sie heulte oder lachte, als ich auch noch ein Kilopaket Zucker über ihr ausschüttete. Ihr ganzer, fast vollständig entblößter Körper zuckte krampfartig, eine blaue Brust und eine gelb-rote, ein grüner Bauch, und der Geruch von Schmerzen, Schweiß und Zähneknirschen. Inzwischen hatte ich einen stehen. Ich zog meine Kleider aus, nahm die Holzlatte der Eierkiste in die Hand und bewegte mich rhythmisch auf ihr, mit Lanze und Stab wie ein japanischer Feldherr.

Als ich von ihr abließ, war sie in einem fürchterlichen Zustand, fast nicht mehr als weiße Frau zu erkennen, und Custard, Tinte und Zucker glitzerten wie Früchte auf der behaarten Wölbung ihres befriedigten Venushügels.

Ich wusch mich und verließ ohne ein Wort die Wohnung. Als ich zurückkam, war die ganze Schweinerei verschwunden. Sie war im Bett, und als ich mich neben sie legte, nahm sie mich in die Arme und küßte mich auf die Lippen.

Das war jetzt eine schmerzhafte Erinnerung. Nicht lange danach trennten wir uns, still, ohne hysterisches Gebrüll. »Du hättest reich sein müssen, Joe«, sagte sie zu mir. »Dann hätte es vielleicht geklappt. Ich habe dich geliebt.«

Vergangenheit. Weil ich nicht reich war, hätte ich mich der Tretmühle unterwerfen sollen?

Ich war so in Gedanken vertieft, daß ich beinahe in die Straße gegangen wäre, in der das Café war, wo wir in der Nacht ihres Todes gesessen hatten. Als ich um die Ecke bog, ließ mich ein Gefühl der Vertrautheit anhalten, und ich stand einen Moment lang staunend da, bis mir meine Dummheit bewußt wurde, und dann drehte ich um und ging schnell den Weg zurück, den ich gekommen war.

Als ich zum Kahn zurückkehrte, saß Gwendoline allein in der Kabine und las Zeitung. Der Junge schlief in der vorderen Kabine. Als ich den Niedergang hinabstieg, sah sie auf.

»Wann hast du Geburtstag, Joe?«

»Was?«

»Dein Horoskop«, sagte sie. »Ich werde es dir vorlesen.«

»Wo ist Ella?«

»Ella ist verrückt geworden! Komm her und setz dich zu mir.«

Sie goß mir ein Glas Gin aus der Flasche vor ihr ein.

»Was meinst du mit ›verrückt‹?«

»Sie ist zu Leslie gegangen.«

Ich setzte mich, nahm das Glas, das sie für mich eingegossen hatte, und trank. Erst als der bittere Geschmack des Gins meinen Gaumen und meine Kehle erreichte, fiel mir wieder ein, daß ich Gin pur hasse.

»Ich verstehe nur nicht«, sagte Gwendoline, »was sie mit so einem Mann anfangen will.«

»Er ist ein Fels in der Brandung«, sagte ich und stand auf. Ich achtete nicht auf ihre Antwort. Ich suchte meine diversen Habseligkeiten zusammen und verstaute sie in dem kleinen Seesack, mit dem ich auf den Kahn gekommen war.

»Was machst du eigentlich?« fragte Gwendoline.

»Ich verschwinde«, sagte ich. »Das hätte ich schon längst tun sollen.«

Gwendoline bekam einen hysterischen Lachanfall. Ihr weißes Gesicht und ihre leuchtenden, dünnen Lippen sahen im Schein der Öllampe aus wie das Gesicht eines Dämons.

»Hast du meinen Spiegel gesehen?« fragte ich.

»Welchen Spiegel?«

»Ein Metallspiegel. Ich benutze ihn zum Rasieren. Er hat oben ein Loch.«

»Gehst du wirklich heute abend?«

»Ja.«

»Dann laß uns noch einen trinken.«

»Nein. Ich hasse das Zeug.«

Ich fand den Spiegel in der Schublade des Tisches und legte ihn zu meinen anderen Sachen in den Seesack.

»Ach, komm schon! Nur einen!«

»Ich mag Gin pur nicht.«

Sie sah mich einen Augenblick lang an und brach dann wieder in Gelächter aus. Ich blickte sie an. Sie hatte die Ellbogen auf den Tisch gestützt, lachte hysterisch, ihr Gesicht war blaß, und ihr kupferrotes Haar wirkte wie eine Perücke im Schein der Lampe.

»Hast du das Foto schon verbrannt?«

Ich erstarrte, setzte mich unwillkürlich hin.

»Welches Foto?«

»Das weißt du ganz genau!« Ihre Stimme wurde von dem Gin voller. »Das von deiner Exfreundin.«

»Ach das. Klar, ich hab's schon verbrannt.«

»Das is' gut. Mag keine Erinnerungen, he, he, kein Bedauern, Joe, alter Junge, was hast du gesagt?«

Ich schenkte mir noch einen Schluck Gin ein und stieß mit ihr an. »Laßt die Toten die Toten begraben«, sagte ich.

»Das ist mein alter Joe!« Sie fiel nach vorne auf den Tisch, und ich starrte für einen Moment auf ihren dürren Nacken, wo die dunklen Haarwurzeln zu sehen waren, das Glitzern von Eisenspänen.

Sie hatte das Foto nicht gesehen. Ich war mir ziemlich sicher. Und ich hatte es wirklich inzwischen verbrannt. Wie auch immer, das Risiko mußte ich eingehen. Ich konnte mir nicht vorstellen, sie umzubringen. Und auch noch den alten Italiener aus dem Café! Ich stand auf und ging den Niedergang hoch an Deck.

Draußen auf dem Kai sah ich mich um, auf die blinkenden Lichter in der Ferne, und dann ging ich fort in die Stadt.

Dritter Teil

1. Kapitel

In der Nacht lauschte ich auf die Wasserrohre. Das Bett war hart, und wegen der gebrochenen Federn war die Matratze uneben. Die Einzimmerwohnung lag zur Straße hin, eine schmale, halbkreisförmige Straße, deren gegenüberliegender Bürgersteig vier Ebenen hatte, lavaartige Stufen, die zu einem schmalen Bett aus Kopfsteinpflaster hinabfielen, durch das nur drei Fahrzeuge kamen – der Müllwagen, der Kohlekarren und das Auto des Milchmanns. Die Straße wurde von fünf Lampen erleuchtet, vier Straßenlaternen und einem verschnörkelten viktorianischen Lampenhalter, der auf der abbröckelnden, grauen Wand meinem Fenster gegenüber angebracht war. Gerade sickerte ihr Licht in das Zimmer, in dem ich lag, und auf die Nische mit dem Bett in der Küche, schimmerte trübe auf das knochenartige Sims der Spüle, von der die tropfenden und gurgelnden Geräusche herrührten, und warf einen Schatten auf den Fußboden, so daß die spärlichen Möbelstücke aussahen, als schwebten sie im Raum, und ich den Eindruck hatte, ich befände mich in einem Schacht mit immateriellen Möbeln und unter mir wäre kein Boden, der Schacht führe immer weiter nach unten ohne fühlbaren Grund.

Ich lag auf der Seite, streckte meine Hand tastend nach unten und berührte den Linoleumboden. Ihn zu spüren gab mir Sicherheit, und ich streichelte ihn mit der Rückseite meiner Finger. Mein Kopf lag auf der Bettkante, und ich versuchte, die Oberfläche zu erkennen, die meine Finger gerade berührten. Einen Augenblick später war sie da, undeutlich, unter dem matten Weiß meiner herabhängenden Finger.

Das Pfeifen der Wasserrohre kam näher und entfernte sich wieder, wie ein vorbeifahrender Zug. Aus dem Augenwinkel konnte ich jenseits des Erkerfensters die verzerrten Umrisse des Lampenhalters erkennen und den schwachen Lichtschein, den er auf das Straßenschild warf. Hätte ich den Namen nicht gekannt, wäre es aus dieser Entfernung und bei diesen Lichtverhältnissen unmöglich gewesen, ihn zu entziffern, aber da ich ihn wußte, konnte ich ihn lesen, zuerst verschwommen und dann mit scharfen Konturen, als hätte ich ihn erschaffen. Es war die Lucien Street. Sie ging von der Black Street ab.

Ich drehte mich wieder zu der Frau neben mir und legte meine Hand auf ihren Bauch, direkt oberhalb des Beckens. Sie schlief tief und fest und ziemlich geräuschvoll. Meine Finger glitten weiter nach unten, erforschten die Verschlungenheit ihres verborgenen Seins. Morgen würde Goon vor Gericht stehen. Ich konnte nicht schlafen.

In der kleinen Wohnung der Bridgetons begriff ich von Anfang an, daß es nur als Mieter möglich war, von der schmalbrüstigen, dünnen, fünfundzwanzigjährigen Blondine Gebrauch zu machen, deren Mann jede Nacht als Wachmann in einem Lagerhaus in der Stockwell Street arbeitete, da zwischen der Küche, in der sie in der Nische und die beiden Kinder in einem Kinderbett schliefen, und dem kleinen Raum, der für mich bestimmt war, nur eine dünne Tür existierte, die zudem nicht richtig schloß.

Von der Treppe aus führte eine Tür direkt in die Küche.

Das erste, was ihr Mann tat, wenn er bei Tagesanbruch von der Arbeit kam, war seine Stiefel auszuziehen. Es waren große Stiefel, verformt vom Schweiß seiner Füße und mit dickem Eisen beschlagen.

Als nächstes machte er Tee für uns, die wir noch in den Betten lagen. Gleichzeitig fachte er die erloschene Glut des Feuers wieder an und wärmte seine Füße.

Bevor er sich hinlegte, stand ich von meinem Bett in der kleinen Kammer auf, in das ich mich erst vor ein paar Stunden zurückgezogen hatte, und ging in die Küche, um mich an der Spüle zu rasieren. Währenddessen hörte ich plötzlich das Keuchen der Frau, als sich der Mann zu ihr legte. Er tat es ohne Zärtlichkeit, nahm sich einfach sein Eigentum.

Ich drehte mich nicht um. Ich sah zu, wie die Seife auf dem Ende meines Rasierpinsels immer dicker wurde, und dachte daran, wie die Frau von Anfang an ohne Rückfragen und ohne Leidenschaft meine eigenen Umarmungen akzeptiert hatte.

Ich hantierte mit dem Rasierzeug herum, wusch ein Teil nach dem anderen unter dem Wasserhahn aus, die Seife zwischen den Borsten des Rasierpinsels wirbelnd, bis das Grunzen des Mannes und die schweren Atemzüge der Frau vorbei waren. Ich wandte mich zu dem Mann um, der nun seitwärts über seiner Frau lag, und sagte, daß ich mir heute den Goon-Prozeß ansähe und daß es mit Sicherheit interessant würde. Er nickte müde.

Trotz der unausgesprochenen Rivalität, die wegen der Frau zwischen uns herrschte, die – das mußte er wissen – uns beiden zur Verfügung stand, gab es auch eine Art stillschweigendes Einvernehmen. Wir waren Freunde, und wir gingen zusammen einen trinken, ebenfalls fast von Anfang an. Denn an dem Abend, als ich den Kahn verlassen hatte, traf ich ihn in einem Pub, und als wir zu ihm nach Hause kamen und in der Küche standen, sagte er: »Dein Bett ist da drüben im anderen Zimmer. Wenn du irgend etwas brauchst, kümmert sich meine Frau darum.« Die Frau, eine dünne, muskulöse Frau aus der Unterschicht, zog eine Augenbraue hoch und musterte mich eingehend. Unter ihrem Blick spürte ich, wie mein Mut dahinschwand, mir fiel nichts Besseres ein, als die Miete für zwei Wochen im voraus zu zahlen, und so holte ich eine Handvoll Half Crowns und Shillinge hervor und legte sie, gerade so als würde ich sie kaufen, neben die Frau auf die Ecke des Tischs, die nach einem kurzen Zögern zwei Münzen hinüber zu ihrem Mann schob und den Rest in ihre Schürzentasche fallen ließ. Der Mann nahm sie ohne eine Miene zu verziehen an sich und lud mich nach unten zu einem Glas ein.

»Paß auf, daß du nicht zu spät zur Arbeit kommst«, rief die Frau ihm nach, als wir nach draußen gingen.

Beim Bier unterhielten wir uns über sie. Die ganze Zeit über fand ich es merkwürdig, daß er weder über ihren Körper noch wirklich über die Frau sprach, sondern nur über seine Erfahrungen mit ihr, und das mit primitiven, festgefahrenen Meinungen, an denen er hartnäckig festhielt.

Wir verabschiedeten uns an der Straßenecke voneinander, er ging zum Lagerhaus, ich zurück zur Wohnung. Einen Augenblick lang schien er nicht gehen zu wollen.

Und dann, als er fort war, machte ich mich mit einem unguten Gefühl in der Magengrube auf den Weg zurück zu ihr und der winzigen Wohnung in der Lucien Street. In der Black Street hielt ich kurz inne, dem Ort *meines* Verbrechens. Als ich die Wohnung wieder betrat, sagte sie ohne Umschweife, sie nehme an, daß es bei mir genauso wie bei dem letzten sei. Sie sagte es ohne Wärme und fügte hinzu: »Warte, bis die Blagen im Bett sind.«

Sie zog sich vor dem Kamin an, ohne mich dabei anzusehen. Ich hatte meine eigenen Aktivitäten an der Spüle beendet und setzte mich vor das Feuer, um eine Zigarette zu rauchen. Sie ließ Speck aus. Kurz darauf schlug sie zwei Eier in die Pfanne, ließ sie einen Moment anbraten und leerte dann den gesamten Inhalt der Pfanne auf einen Teller, den sie zu mir herüberschob. Ich nahm ihn mit Messer und Gabel zum Tisch, brach mir ein Stück Brot ab und begann zu essen. Einen Augenblick später stellte sie eine Tasse mit starkem Tee neben mich.

»Du gehst gleich zum Gericht?«

Ich nickte.

»Glaubst du, daß Goon schuldig ist?«

»Sie haben noch gar nicht bewiesen, daß es Mord war.«

»Was meinst du damit?« sagte Connie.

»Sie haben es noch nicht nachgewiesen.«

»Aber sie wissen es doch«, sagte sie verständnislos und kam mit ihrem eigenen Teller, auf dem nur Speck war, zum Tisch. »Eine Frau zieht sich nicht ohne Grund aus.«

»Das ist nicht der Punkt. Vielleicht hat sie mit jemandem geschlafen.«

»Du wirst sehen«, beharrte Connie. »Sie werden ihn hängen, den armen Schlucker.«

Ich hatte ein ungutes Gefühl. Ich konnte nicht abstreiten, daß es wahrscheinlich war. Aber es gab nichts, was ich tun konnte. Ich würde zum Prozeß gehen. Vielleicht würde noch etwas Neues ans Licht kommen. Aber nach der ganzen dramatischen Berichterstattung in den Medien mußte es ein Opfer geben. Ich würde hingehen. Leslie würde auch dasein, vielleicht auch Ella. Und Gwendoline? Als ich an Gwendoline dachte, wurde ich noch unruhiger. Sie bedrohte mehr als nur meinen Seelenfrieden. Aber sie konnte das Foto nicht gesehen haben. Dafür hatte ich es zu schnell wieder aufgehoben. Ich dachte für einen Moment daran, die Stadt zu verlassen, vielleicht sogar ins Ausland zu gehen, jetzt sofort. Aber ich mußte zu dem Prozeß und mit ansehen, wie die Anwälte und die anderen Gerichtsbeamten einen legalen Mord begingen. Das Bild von Cathies nacktem Körper erschien vor meinem inneren Auge wie Macbeths Dolch. Aber während des Prozesses würde es weder dem Opfer noch den Mördern in den Sinn kommen, sich auszuziehen. Schade eigentlich. Die Vorstellung war mehr als amüsant. Der Richter war vermutlich ein alter Mann. Er würde seine ganze Würde verlieren, wenn er gezwungen wäre, den Prozeß ohne die üblichen respekteinflößenden Insignien abzuhalten. Seine Magerkeit, oder vielleicht seine Fettleibigkeit, würde den Anschein der Rechtschaffenheit Lügen strafen. Die Menge würde über seine Aufgeblasenheit lachen und die Unerbittlichkeit seines Urteils niederschreien. Alle Richter, alle Anwälte und Angestellten des Gerichts, kam mir in den Sinn, sollten gezwungen werden, die Verhandlung nackt zu führen. Die nackte Wahrheit. In diesem Zusammenhang wäre das mehr als nur eine Metapher. Es war fraglich, ob sie so in der Lage wären, auch nur einen Menschen zu verurteilen. Ihren Stimmen, die das allzu Menschliche ihrer nackten Posen wiederspiegelten, würde es an Überzeugung fehlen.

Ich war früh auf der Straße und ging die Argyle Street entlang, ungefähr in die Richtung des Gerichtsviertels. Ich machte an einem Imbiß halt, trank eine Tasse Tee, rauchte zwei oder drei Zigaretten und setzte dann meinen Weg fort. Als ich so durch die Stadt ging, überkam mich ein seltsames Gefühl der Zuversicht. Es begann zu regnen, dann hörte es wieder auf. Auf der Straße waren Frauen unterwegs, Sekretärinnen, Verkäuferinnen, Angestellte, die zur Arbeit hetzten. Männer in Anzügen, Blaumännern und Uniformen. Der Schluck Whisky, den ich aus meinem Flachmann trank, schien die Dinge für mich klarer zu machen. Er gab mir gleichzeitig Sicherheit, Gewißheit, nicht *über etwas*, sondern Zuversicht in bezug auf die Notwendigkeit meiner Isolation.

Ich stieg in eine Straßenbahn. Sobald ich mich hingesetzt hatte, steckte ich meine Hand in die Tasche, um nachzusehen, ob mein Geld noch da war. Natürlich war es noch da. Ich lächelte mein fast transparentes Spiegelbild im Fenster an, blickte hinaus und sah dahinter, wie bei einer Erinnerung, die meinen Kopf verlassen hatte, eine junge Frau in einem rosa Mantel vor einem Schaufenster stehen, erhaschte einen Blick auf ihre Beine, die unter dem Mantelsaum rosa und sonnenverbrannt wie Cathies waren, und ich fragte mich, ob ich unter anderen Voraussetzungen den Mut aufgebracht hätte, auszusteigen und sie anzusprechen. Die Straßenbahn fuhr weiter, eine Insel aus Fenstern. Ich stieg genauso ziellos aus, wie ich eingestiegen war. Die Bürgersteige waren jetzt eher noch voller. Menschen drückten sich an mir vorbei in die Straßenbahn, die Frauen meist mit Paketen, zum Greifen nah, sie nahmen mich jedoch nur als ein Hindernis wahr. Mir fiel auf, daß ich in der Regel von anderen Menschen hauptsächlich als ein Hindernis wahrgenommen wurde.

Als ich wieder auf dem Bürgersteig war, hatte ich mich bereits entschieden, noch einen Schluck Whisky zu trinken. Ich kämpfte mich bis zu einer Milchbar durch und ging direkt zur Herrentoilette. Ich setzte mich auf die Kloschüssel und ließ mir den Whisky die Kehle hinunterrinnen. Dann verschloß ich die Flasche wieder, steckte sie in die Tasche, überlegte noch einmal und pinkelte. Aufregung machte sich in meinem Magen bemerkbar, äußerlich war sie an einem dünnen Schweißfilm erkennbar. Ich las auf den Wänden ringsum die diversen Aufforderungen zu sexuell abnormen Ausschweifungen. Einen Moment später brachte ich meine Kleidung wieder in Ordnung und ging direkt zurück auf die Straße.

Ein blinder, alter Mann mit grauem Bart und weißlichstarren Augen verkaufte Schnürsenkel und Bleistifte. Die Schnürsenkel lagen über seinem Arm. In der einen Hand hielt er einen Blindenstock, mit der anderen umklammerte er ein Bündel Bleistifte. Er nickte weise mit dem Kopf. Es kam mir in den Sinn, daß er wahrscheinlich schon schwachsinnig gewesen war, bevor er blind wurde. Ein Shilling für den heiligen Franziskus. Ich machte einen Bogen um ihn, wollte nicht von ihm berührt werden. Ich zog ein Paar Handschuhe an und ging in ein Postamt.

Ich kaufte eine Briefkarte. Ich stellte mich ans Fenster und schrieb mit einem der posteigenen Füller die folgende Nachricht in Blockschrift:

ICH HABE WEDER DIE ABSICHT, MICH ZU STELLEN, NOCH IHNEN WEITERE INFORMATIONEN ZU LIEFERN. WENN SIE GOON VERURTEILEN, VERURTEILEN SIE EINEN MANN, DER NICHTS MIT DEM TOD VON CATHERINE DIMLY ZU TUN HAT. ZUM ZEITPUNKT DES TODES WAR ICH ALLEIN MIT IHR. IHR ERTRINKEN WAR EIN UNFALL. ICH KANN DAS NICHT BEWEISEN, OHNE MICH SELBST ZU ERKENNEN ZU GEBEN, UND WENN ICH DAS TÄTE, WÜRDE ICH, SO MEINE BEFÜRCHTUNG, DIREKT IN GOONS VERURTEILTE FUSSSTAPFEN TRETEN. DIESES RISIKO WILL ICH NICHT AUF MICH NEHMEN. ABER GOON IST UNSCHULDIG.

Ich wartete, bis die Tinte getrocknet war, da ich vermeiden wollte, daß die Nachricht auf dem Löschpapier zu lesen sein würde, dann klebte ich den Brief zu, adressierte ihn an den Richter, der den Fall leitete, und warf ihn in den Briefkasten.

Natürlich machte ich mir keine Illusionen darüber, daß meine melodramatische Nachricht den Verlauf des Prozesses in irgendeiner Form beeinflussen würde (Goons Frau hätte sie schreiben können oder irgendein Witzbold), aber egal wie klein die Möglichkeit auch war, daß sie ernstgenommen würde, es war einen Versuch wert. Zweifel säen im Kopf des Richters ... Ich vermutete, sie würde noch nicht einmal diesen Effekt haben. Ob bewußt oder unbewußt, jeder Richter mußte sich für Gott halten. Zu richten heißt anzunehmen, man sei Gott. Deswegen haben weise Männer Gott die Äußerung in den Mund gelegt, die es

Menschen verbietet, über andere Menschen zu richten. Ein Polizist führte mich in den Gerichtssaal. Er war schon ziemlich voll. Hauptsächlich Frauen mittleren Alters. Ich hatte den Eindruck, ein Parlament aus lauter Vögeln vor mir zu sehen.

Sobald ich Platz genommen hatte, dachte ich aus irgendeinem Grund über meinen Taschenspiegel nach.

Ich erinnerte mich daran, daß ich ihn bereits mehrmals fallen gelassen hatte und immer wieder überrascht war, daß er nicht zerbrach. Wie oft ich mir auch sagte, daß er aus Metall sei, ich konnte mich nicht von meiner Erwartung freimachen, daß er zerbrechen würde. Warum dachte ich in diesem Moment daran?

Ich versuchte, es mir auf meinem Platz bequem zu machen, betrachtete eingehend das gebohnerte Holz; meine Beine waren schwer, und das brachte mich dazu, auf meine verkratzten, schwarzen Lederstiefel zu blicken. Irgendwie war mir langweilig. Ich hatte bisher nicht realisiert, wie vollständig abhängig ich von Dingen geworden war, selbst wenn ich sie nur katalogisierte, mir unablässig sagte, die Tür, der Stuhl, die Stiefel, der Spiegel, das Ding, in dem man waschen kann. Wenn ich ein großes Hauptbuch hätte, könnte ich eine Aufstellung des Inventars machen, eine detaillierte Liste der Namen aller Gegenstände, die im Gerichtssaal um mich herum den größten Teil meines augenblicklichen Erfahrungshorizontes bildeten. Dann hätte ich mich langsam zu den mikroskopisch kleinen Gegenständen vorgearbeitet. Mit Hauptbuch und Bleistift hätte ich das endlos fortsetzen können. Die Sitzplätze beispielsweise waren in Reihen angeordnet, waren richtige Bänke mit Rükkenlehnen und mehreren Beinen. Der Spiegel – aus irgendeinem Grund hatte ich ihn in der Tasche – hatte vier Ecken, das Tuch der Frau neben mir bestand bei genauerer Betrachtung unverkennbar aus roten Wollfäden, und zwar aus sämtlichen Rotschattierungen bis hin zu einem Faden, der fast weiß war. Ich würde bestimmt immer wieder neue Dinge zum Katalogisieren finden.

Plötzlich kam mir in den Sinn, daß Goon ja noch lebte. Der Gedanke, daß sie ihn lebenslänglich in ein Gefängnis stecken könnten, kam mir widerlich vor. Er würde essen, trinken, schlafen und seinen Bedürfnissen nachgehen, wie jede Hauskatze es unter diesen Umständen tun würde. Er würde kontinuierlich gezwungen sein, seine Aufmerksamkeit auf die körperlichen Funktionen zu richten. Das würde dazu führen, daß er sich mehr wie ein lebendes Ding fühlen würde als zuvor, als er sich in seinen Handlungen verlor. Allmählich würde sich sein Geist immer weniger aus den Grenzen seiner Wahrnehmung flüchten. Er würde Stunden und Tage damit zubringen, die Entfernungen in seiner Zelle zu messen.

Ich erinnerte mich daran, wie ich eines Tages nach einer Schlägerei in einer Bar im Krankenhaus wieder zu Bewußtsein kam. Da gab es Wandschirme, wo eigentlich Wände hätten sein müssen, und es roch nach Desinfektionsmittel, statt nach dem Geruch, der über einem Bett hängt, in dem zwei Menschen geschlafen haben. Ich lebte damals mit Cathie zusammen. Als ich wieder nach Hause kam, war alles anders. Als ich aufwachte und begann, meine Umgebung wahrzunehmen, stellte ich fest, daß kein Polizist mehr da saß, auf einem Stuhl, den er ans Bett gerückt hatte, und seinen Helm am Rand festhielt, wie als ich plötzlich mein Bewußtsein wiedererlangte und gedacht hatte, die Spitze seines Helms sei ein Stern. Ich erinnere mich daran, daß er ein junger Mann war, mit besorgten, grauen Augen und einem weißen, pausbackigen Gesicht. Ich weiß nicht mehr, ob er einen schwarzen Schnurrbart hatte oder gar keinen. Ich sah ihn mir eine Zeitlang mit halbgeschlossenen Lidern an, und dann muß ich wieder eingeschlafen sein, denn als ich das nächste Mal die Augen öffnete, war er ein alter Mann mit geäderten Wangen und grimmigen Augenbrauen wie eine

Krabbe, und ich kann mich daran erinnern, daß die Knöpfe seiner Uniform leuchteten, so leuchteten, daß ich sie trotz des sich allmählich ausbreitenden Bewußtseins meiner Glieder zwischen den sauberen Laken zählte, mindestens zweimal, um sicherzugehen, daß ich keinen Fehler gemacht hatte. Ich weiß nicht mehr, wie viele es waren.

Ich dachte gerade daran – vermutlich weil es mein einziger unmittelbarer Kontakt mit der Polizei war –, als jemand hinter mir »Blödsinn!« sagte, und mir plötzlich klarwurde, daß der Prozeß bereits begonnen hatte. Da saß Goon, ein blasser Mann mittleren Alters, auf der Anklagebank, hinter ihm zwei Polizisten, und auf die Bemerkung – von wem sie stammte, weiß ich nicht – folgte eine Stille im Gerichtssaal, die nach und nach von leisem Tuscheln abgelöst wurde, das das hartnäckige Klopfen des richterlichen Hammers jäh beendete. Als ich zu ihm hochblickte, hatte ich das Gefühl, von einer bösartigen, alten Schildkröte angestarrt zu werden.

Im Gerichtssaal wurde es ruhig.

Ein Mann mit Perücke sprach. Er schien sehr von sich eingenommen. Selbst in seiner Robe war es offensichtlich, daß er einen enorm dicken Hintern hatte. Seine Stimme klang belegt, als hätte er Polypen.

Die Menschen im Gerichtssaal sahen nun noch mehr als zuvor aus wie Vögel, schräggelegte Köpfe, funkelnde Augen, als wollten sie gleich lospicken. Ich war voll und ganz damit beschäftigt, sie zu beobachten. Im Laufe des Prozesses waren sie manchmal gelangweilt, manchmal in fieberhafter Anspannung und die ganze Zeit über lächerlich: nebeneinanderhockende Tupfer ein und desselben Ausdrucks der Bewunderung für die frömmlerische Aura der von ihnen bezahlten Ankläger.

Im Laufe des Prozesses wurde deutlich, daß sie überhaupt nicht über Goon sprachen. Das Opfer, das der Staatsanwalt in seinen Reden erschuf, damit es zu der Flut der Beweise paßte, hatte nichts mit dem Ich zu tun, dessen Goon sich bewußt war. Ich war beunruhigt, wie vollkommen selbstverständlich sie davon ausgingen, daß er die Person war, von der sie sprachen. Wenn sie *ihn* verurteilten, würden sie Goon verurteilen, und wenn sie ihn hängten, würden sie Goons Körper vom Strick abschneiden.

»Als Sie gingen«, sagten sie.

»Als Sie dieses oder jenes taten.«

Fragen. Falsch. Verfälscht. Fangfragen.

Ich hatte das Gefühl, sie wollten die Dinge passend machen, wie ein Mensch, der an Gott glauben will.

Goon saß auf seinem Platz und sah mürrisch und ängstlich aus. Hin und wieder mußte er eine Aussage machen. Er tat es mit einer Art hilfloser Wut, fast unter Tränen. Eine Frauenstimme neben mir sagte, daß es einfach sei zu weinen, wenn man erwischt worden sei. Sie kam nicht mehr dazu zu erklären, was sie damit sagen wollte, weil ein Gerichtsdiener sie aufforderte, ruhig zu sein.

Im Gerichtssaal roch es muffig, leicht nach Parfüm, und durch die Oberlichter drang nur wenig Licht von der Straße ein. Die Anwälte standen auf und setzten sich, setzten sich und standen auf, und ein kleiner Mann mit Brille erklärte, daß Goons Fingerabdrücke auf den Schuhen der Toten gewesen seien.

»Darüber besteht kein Zweifel.«

»Wie bitte?«

»Absolut kein Zweifel.« Sein dünnes Stimmchen schnellte zwischen einem vorgehaltenen Taschentuch und seinem Kneifer hervor.

Dieses Detail nahm mich gefangen. Ohne jeden Zweifel würde der Zeuge anschließend zurück in sein Labor gehen. Er tauchte danach nicht mehr auf.

Leslie erschien am späten Vormittag. Er habe die Leiche aus dem Fluß gezogen. »Mit Joe«, sagte er.

»Joe?«

Es ist eine seltsame Vorstellung, daß mein Name in den Gerichtsprotokollen auftaucht.

»Mein Kumpel«, sagte Leslie selbstbewußt, und einige Leute im Gerichtssaal kicherten. Leslie hatte einen steifen, weißen Kragen an, und er hielt seinen Zuckerhutkopf mit dem gestutzten grauen Haar während der ganzen Befragung vor Anspannung schief.

Er wurde nicht nach seiner Meinung gefragt. Der Richter stellte fest, daß die Frau tot war, als sie aus dem Wasser gezogen wurde.

Am Ende des ersten Tages wurde der Prozeß vertagt. Es war ziemlich offensichtlich, daß der Staatsanwalt seine Verurteilung erreichen würde. Er war ein kleiner, ziemlich selbstgefälliger Mann, und es schien ihm ein persönliches Vergnügen zu bereiten, Goon umzubringen.

Ich wollte nicht sofort zurück. Statt dessen nahm ich die Straßenbahn nach Kelvingrove und spazierte durch den Park. Ich setzte mich eine Zeitlang hin, während ich über nichts Bestimmtes nachdachte. Ella war nicht beim Prozeß gewesen. Leslie hatte mich weder beim Rein- noch beim Rausgehen bemerkt. Ich fragte mich, ob er wohl auf den Kahn zurückgekehrt war oder ob er irgendwo in der Stadt als Nachtwächter arbeitete. Ich vermißte Leslie mehr als Ella. Ich war froh, Ella los zu sein. Es gab viele Dinge an Leslie, die ich mochte.

Nach einer Weile stand ich auf.

Ich ging gerade an den Tennisplätzen vorbei, als mir zwei junge Männer und ein Mädchen auf dem Fußweg entgegenkamen. Ich vermutete, sie waren Studenten, weil sie Bücher unter ihre Arme geklemmt hatten. Als sie mich sahen, hörten sie auf zu lachen. Das, worüber sie gelacht hatten, war wohl zu privat, um es mit einem Fremden zu teilen. Und dann waren sie an mir vorbei und lachten wieder, und ich konnte die Stimmen von einem der beiden Männer hören, hoch, künstlich, aufgeregt, als würde er jemanden nachmachen, und dann wieder das Lachen des Mädchens. Ich drehte mich nach ihnen um.

Sie ging zwischen ihnen, eine zylindrische Handtasche an einem langen Lederriemen schwingend, mit flachen Schuhen und Sommerkleid, auffallend blond, die Nackenhaare anmutig nach oben zu einem Pferdeschwanz gesteckt, der von einem Haarband zusammengehalten wurde. Sie hatte schmale Hüften und wurde offensichtlich von beiden begehrt.

Sie verschwanden aus meinem Blickfeld.

Ich nahm an, daß sie nicht älter als zweiundzwanzig gewesen sein konnte, und fragte mich, ob ich in ihren Augen alt war, und dann merkte ich, daß ich die beiden jungen Männer beneidete, die sie begleitet hatten. Ein Gefühl nahezu der Verzweiflung überkam mich. Ich empfand eine verheerende Art von Verlust um etwas, das ich nie besessen hatte, und es fiel mir nicht auf, daß dieses Etwas eine Sache war, die kein Mensch jemals haben kann, aus dem einfachen Grund, weil es etwas ist, das nur für den besteht, der es sieht, das nur für denjenigen Beobachter existiert, ohne den es nie ein Objekt der Begierde würde. Ich war müde und verstört, und ich bemerkte gar nicht, daß ihre Begleiter noch weiter als ich von der Sache entfernt waren, die ich so schmerzlich entbehrte, unglaublich viel weiter, weil es für sie gar nicht existierte – ihr Lachen, das Schwingen ihrer Hüfte, das Haarband, die Vertrautheit, all das. Und selbst wenn sie die Freundin von einem der beiden wäre, hatte ich die Sache erschaffen, die ich jetzt als Verlust wahrnahm, und kein anderer konnte sich daran erfreuen. Später ging mir auf, wie lächerlich es ist, jemanden um eine Situation zu beneiden, die für ihn nicht existierte, weil er ein Teil davon ist, und die nur von jemandem gesehen werden kann und somit nur existent ist für den, der außen vor steht, allerdings immer nur als Mangel.

Ich dachte das nicht in diesem Moment, aber in der darauffolgenden Nacht. In diesem Moment war ich nur müde und zutiefst empört.

Ich brauchte etwas zu trinken, dringend. Der soziale Syllogismus, in den Goon unglücklicherweise hineingeraten war, erzürnte mich sehr. Wenn irgendeine Handlung von mir diesen Syllogismus hätte zerstören können, hätte ich sie mit Freude vollbracht. Zur Polizei gehen? Gestehen? In Wirklichkeit wußte ich, daß das für mich fatal enden würde. Es wäre im Prinzip eine indirekte, aber sehr grundlegende Art, die Gültigkeit jener sozialen Struktur zu bestätigen, die ich doch ablehnte.

Ein doppelter Whisky war sachdienlicher, paßte besser zu den gegebenen Umständen. Ich trank zwei davon in der nächsten Bar. Da ich seit dem frühen Morgen nichts mehr gegessen hatte, war die Wirkung des Alkohols stärker als sonst. Als ich die Kneipe verließ, fühlte ich mich leicht angetrunken.

Ich fand mich in einer großen öffentlichen Bibliothek wieder, mit einer alten Ausgabe des *British Medical Journal* vor mir. Ich las:

> Nachdem die ersten beiden gehängt waren, wurde ich gerufen, um ihren Tod festzustellen. Im allgemeinen hört man das Herz beim Auskultieren noch etwa zehn Minuten nach dem Fall schlagen, und als in diesem Fall die Herzschläge aufgehört hatten, deutete nichts darauf hin, daß die Männer noch am Leben waren. So wurden die Leichen nach fünfzehn Minuten abgeschnitten und in einem Vorzimmer niedergelegt, als ich plötzlich voller Entsetzen hörte, wie einer der Totgeglaubten zu keuchen begann und krampfhafte Atmungsversuche machte, offensichtlich als Anfang einer Regenerierung. Die beiden Körper wurden schnell für eine weitere Viertelstunde aufgehängt. Der ausgesprochen erfahrene Henker hatte seine Arbeit

einwandfrei gemacht, und die Höhe des Falls war die bei diesem Körperbau üblicherweise verwendete. Das angestrebte Ziel ist es, das Genick auszurenken, aber dem vielen postmortalen Material zufolge, das ich geprüft habe, ist das eher eine Ausnahme, während in der überwiegenden Anzahl der Fälle der Tod durch Strangulation und Asphyxie eintritt.

Ich wußte nicht, wie lange ich darauf gestarrt hatte, bevor ich das Buch von mir stieß. Ich ließ es dort liegen, brachte es nicht wieder zurück zur Ausleihe, und stürzte blind aus der Bibliothek.

Als ich in die Wohnung in der Lucien Street zurückkehrte, machte sich Connies Mann gerade für die Arbeit fertig. Connie packte seine Brote in ein Stück Zeitung ein. »Goon beschuldigt . . .« lautete die Schlagzeile.

»Wie war's, Joe?« fragte er.

»Sie werden ihn schuldig sprechen«, antwortete ich.

2. Kapitel

Am nächsten Morgen wachte ich spät auf. Ich hatte in der Nacht nicht viel geschlafen. Als ich hinüber in die Küche ging, machte Connie gerade das Feuer an, und Bill, der Wachmann, schlief auf dem Bett in der Nische.

»Ich habe dich schlafen lassen«, sagte Connie, als wäre sie mir eine Erklärung schuldig.

»Ich bin froh, daß du mich nicht geweckt hast.«

»Gehst du heute nicht zum Prozeß?«

»Doch, ich geh' hin. In einer Stunde ungefähr.« Ich gähnte. »Hast du vielleicht eine Tasse Tee für mich?«

Sie knallte sie vor mich auf den Tisch. Die immer gefüllte Teekanne auf dem Herd. »Wie ist er, der Prozeß?«

»Es ist ein Irrsinn«, sagte ich. »Wie ein Fußballspiel, zwei Mannschaften von Anwälten plustern sich auf wie die Truthähne, und Goon ist der Ball.«

»Es ist eine verdammte Schande«, sagte sie. »Er tut mir leid. Ich habe die Zeitung gelesen. Er sagt, er sei noch nicht einmal da gewesen.«

»Was zum Teufel sollte er sonst sagen?« ertönte Bills Stimme vom Bett.

»Halt die Klappe und schlaf!« fuhr Connie ihn an.

Ich rasierte mich vorsichtig, beobachtete im Spiegel die weiche Linie meines Kinns, wie sie unter der Seife hindurchschimmerte. Als ich das Haus verließ, war es schon nach elf.

Und abermals fand ich mich in der Argyle Street wieder. Dabei hatte ich mich schon fast entschieden, nicht hinzugehen. Das Urteil stand sowieso fest. Sie hatten ein Verbrechen erfunden, und jetzt hatten sie auch einen Mann erfunden, der zu diesem Verbrechen paßte. Das einzig Beunruhigende an diesem ganzen Affentheater war, daß sie aus Achtung vor dem System ein Lebewesen verurteilten. Darüber gab es keinen Zweifel. Der Mann, der in den Reden des Staatsanwaltschaft erschaffen worden war, paßte vortrefflich zu dem Verbrechen, das die Polizei erfunden hatte – eine in der Tat außerordentlich erfreuliche Sache, diese beiden Bereiche des öffentlichen Dienstes, die Richterschaft und die Polizei, in solch einfallsreicher Harmonie zusammenarbeiten zu sehen.

Dann befand ich mich plötzlich in einer Kneipe in der Jamaica Street und stand an einem Flipperautomaten. So früh am Morgen hingen hier nur ziemlich wenig Leute herum. Nach dem Mittagessen ging ich in den Gerichtssaal, um festzustellen, daß sich die Geschworenen bereits zurückgezogen hatten. Die Zeitungsleute waren mit ihren Kameras da. Ich setzte mich fast auf den gleichen Platz wie gestern und wartete darauf, daß die zwölf Geschworenen (drei Damen und neun Herren) zurückkommen würden. Ihre Aufgeblasenheit machte sie lächerlich. Mir kam in den Sinn, daß vielleicht eine Person unter ihnen war, die sich wie ein Mörder fühlte. Die anderen wären durch ihre eigene Scheinheiligkeit geschützt.

Ich kann mich an keine so stille Stille erinnern wie in dem Moment, als Richter Parkington sagte, daß er sich in seiner langen Amtszeit noch nie so berechtigt gefühlt habe, die Höchststrafe auszusprechen. Er sagte es fast lüstern, und erst dann kam mir in den Sinn, daß der Mann ziemlich verrückt war.

Goon wurde aufgerufen. Mr. Parkington fragte ihn, ob er noch irgend etwas sagen wolle vor der Urteilsverkündung.

»Nur daß ich unschuldig bin, Sir. Ich schwöre bei Gott!« nuschelte er und wagte nicht, die Eule anzusehen, die sich wütend zu ihm hinunterbeugte.

Diese Äußerung wurde schweigend entgegengenommen. Ihre Bedeutung entging offenbar allen. Nach diesen Worten schien Goon für das Gericht nicht mehr anwesend. Er mußte von zwei Polizisten gestützt werden. Ich vermute, das wäre auch passiert, wenn er schuldig gewesen wäre.

Plötzlich rief eine Frauenstimme: »Und du hast es doch getan!« Alle Augen richteten sich auf sie, eine gedrungene Frau in Schwarz, die in ihr Taschentuch schluchzte – Mrs. Goon. Der Hammer des Richters sorgte für Ordnung. Die Menschen neben ihr zogen sie zurück auf ihren Platz, und sie wimmerte weiter: »Dann soll er sterben . . . dann soll er sterben . . .!«

»Ruhe im Gericht!«

In dem nun folgenden Schweigen setzte sich Richter Parkington sein schwarzes Barett ordentlich auf seine Perücke und verkündete mit nasaler Stimme sein barbarisches Urteil. Das Gesetz, so schien es, sah vor, daß Goon am Hals aufgehängt würde, bis sein Tod eintrat. Ein Tag wurde festgesetzt. Die Zeit: früh am Morgen. Der gebißgestützte Mund des Richters Parkington sprach dann die Floskel, daß Gott Erbarmen mit Goons Seele haben solle.

Einen Moment lang fragte ich mich, ob ich aufspringen und ihn der Lüge bezichtigen sollte. Ich spürte, daß sich mein Körper wie der eines Spielers anspannte, eines Spielers, der sich unmittelbar vor dem letzten Aufruf nicht entschließen kann, ob er seinen ganzen Einsatz auf rot oder schwarz setzen soll, und erleichtert aufatmet, als der Croupier sagt: »Nichts geht mehr.«

Der Einsatz, mein Leben, blieb in meinen Händen, und ich wußte, daß es nie wieder im Gleichgewicht sein würde, wußte, daß Goon verloren hatte und nun auf Gedeih und

Verderb denen ausgeliefert war, die ihn verurteilt hatten. Mein Körper war mit kaltem Schweiß bedeckt.

In dem Gerichtssaal mit der hohen Decke war es ruhig, grau und düster, und die Lampenhalterungen aus Messing hoch oben an den Wänden wirkten streng. Ich versuchte, von draußen den Straßenlärm zu hören. Ich wollte ihn so gerne hören, aber die Wände waren wohl zu dick. Und die Menschen waren still, außer einem leisen Hüsteln, raschelndem Papier, scharrenden Stiefeln.

Ich erinnere mich nicht, wie das Gericht auseinanderging. Ich weiß nur noch, daß Richter Parkington plötzlich verschwunden war und sich alles bereits in Auflösung befand.

Nachwort

Von Anfang an wurden Alexander Trocchi und sein erster Roman *Wasserläufe* als Außenseiter, als Fremde angesehen. In der Rezension der ersten englischen Ausgabe von *Wasserläufe* schrieb der *New Statesman* im Jahre 1961: »Man erwartet fast, auf dem abblätternden Putz ›Camus was here‹ geschmiert zu sehen.« Das Etikett war gefunden: *Wasserläufe* ist Trocchis *Der Fremde*. Wie ein Mantra wurde es seitdem in nahezu allen Besprechungen wiederholt. Jedem gefällt die Vorstellung, daß Trocchi und alle seine Werke irgendwie »fremd« sind und daß sie sich den konventionellen Moralvorstellungen und literarischen Formen entziehen. Junkie, Pornoschreiber, Radikaler und treibende Kraft der Subkultur der 50er und 60er Jahre: Dies war das Image, das Trocchi selbst pflegte und voll auslebte.

Wer sich allerdings zu weit entfernt, kann auch ins ständige Exil geraten. Die Tatsache, daß Trocchi und seine Werke Gefahr liefen, vollkommen in Vergessenheit zu geraten, bestätigt das. Viele Rezipienten machen es sich zu einfach, wenn sie Außenseiter unter den Schriftstellern mitsamt ihren Lesern als unreif abtun: Jugendlichen, die zum ersten Mal den Aufstand gegen die Autoritäten proben und nach neuen Leitbildern suchen, gestehen sie den Außenseiterstatus ja noch zu; eine *ernsthafte* Beschäftigung ist er ihnen aber nicht wert.

Doch die Gefahr ist gebannt. Trocchis Popularität steigt, und es ist offensichtlich, warum gerade *jetzt.* Es ist erfrischend, in dieser Zeit der sauber abgepackten Konformität eine Gegenstimme zu hören. In *Die Kinder Kains** schrieb Trocchi – als das noch nicht viele taten – intelligent über den Drogenkonsum, wenn auch mit einem narzistischen Selbstbewußtsein, das mitunter in humorlose Selbstgefälligkeit abdriftet. Er schilderte die schäbigen Details des Großstadtlebens, Armut, Langeweile und Einsamkeit. Er hat immer über Sex geschrieben, in einem Maße, daß alles, was er produzierte, auch indirekt erotisch ist. Und manchmal auch gar nicht so indirekt, wie bei seinen pornographischen Romanen, die er Anfang der 50er Jahre in Paris verfaßte. Sein damaliger Verleger, Maurice Girodias von *Olympia Press*, beschrieb sie als ›prickelnd vor Sex und Unterhaltung‹, obwohl ein Leser unserer Tage sie vielleicht nicht einmal frivol fände. Trocchis Frauenfiguren setzen sich, selbst wenn sie ihre eigenen Geschichten erzählen, niemals durch, und bei ihm ist Sex nie weit vom Tod entfernt. Aber das gleiche gilt auch für die *Die Geschichte der O*** und die Werke von de Sade. Trocchi war sich bewußt, daß Sexualität nur sehr selten einfach und rein ist. Wie die Surrealisten glaubte er natürlich an die politische Kraft der Verdorbenheit-als-Subversion. Aber meistens schrieb er über sich selbst und seine Identität und wurde damit zu einer der schillerndsten und beständigsten Leitfiguren der Subkultur seiner Generation.

Die Legende besagt, daß er aus diesem Grund aus Schottland verstoßen wurde, aus dem tristen, von Klassengegensätzen beherrschten, verklemmten und presbyteria-

* Alexander Trocchi, *Die Kinder Kains*, aus dem Englischen übersetzt von Wulf Teichmann, Frankfurt a. M.: Suhrkamp Taschenbuch 1980.

** Pauline Réage, *Die Geschichte der O. und Rückkehr nach Roissy*, aus dem Französischen von Simon Saint-Honoré und Margaret Carroux, München: Herbig 1994.

nischen Schottland, das in *Wasserläufe* evoziert wird. Trocchi, so heißt es, war ein physisch und kulturell Verbannter, und auch seine Werke wurden aus der schottischen Literatur verbannt. Und tatsächlich hat er den größten Teil seines Lebens außerhalb von Schottland verbracht, vor allem in Paris, New York und London. Aber warum sollte man über diesen Ausschluß weiter nachdenken? Geprägt von Schottland, begann er den Dialog mit der weiten Welt, wobei er sicher andere kulturelle Einflüsse aufnahm und wohl auch selbst etwas zurückgab. Vielleicht war dieses Leben außerhalb kein Exil, denn nur von außen konnte er Schottland klar und deutlich sehen; so klar wie die philosophische Vision, die der Erzähler in das schwülstige und lähmende Schottland bringt, das ihn in *Wasserläufe* umgibt.

Nur im Sinne eines rigiden und leicht verzerrten Verständnisses von schottischer Kultur war Trocchi ein kultureller Außenseiter. Er war ein brillanter Englisch- und Philosophiestudent an der Universität von Glasgow, zu einer Zeit, als die philosophische Fakultät dort engere Kontakte zu der Identitäts- und Subjektivitätsphilosophie (Existentialismus und Phänomenologie) des europäischen Festlands hatte als ihre Pendants in England. (Offensichtlich mißlang ihm das erwartete Einser-Examen nur durch eine Fehlkalkulation in seinem Drogenkonsum: Er war »down«, als er eigentlich »high« sein sollte.) Trocchi hatte einen kulturellen Hintergrund mit weiten Horizonten (so wurde er beispielsweise von Edwin Morgan unterrichtet und war exakt zur gleichen Zeit wie R. D. Laing an der Universität), die er mit Vergnügen noch erweiterte.

Für seinen angeblichen Ausschluß aus der literarischen Welt Schottlands kann man sogar ein Datum angeben: den 21. August 1962. An diesem Tag geriet er auf der *Edinburgh Writers Conference* öffentlich und lautstark mit

Hugh MacDiarmid aneinander. Die Auseinandersetzung war wirr und belanglos, aber im wesentlichen hielt Trocchi MacDiarmid für absolutistisch und engstirnig, und MacDiarmid hielt Trocchi für verkommen und lasterhaft. Ungefähr die einzige klare Bemerkung mit künstlerischer Bedeutung, die Trocchi an diesem Tag machte, war: »Ich bin nur interessiert am Lesbiertum und an Sodomie.« MacDiarmid hatte also nicht ganz unrecht. Dieses Gezänk wurde jedoch in den Presseberichten zu einer Konfrontation hochstilisiert, die so schwarz-weiß anmutet wie die Zeitungen, in denen sie gedruckt wurden: »Nationalismus vs. Internationalismus«. So werden Mythen geschaffen. Der verlorene Sohn hatte die Stirn, sich mit der ikonengleichen Vaterfigur anzulegen, und wurde folglich von der Kirche der schottischen Literatur exkommuniziert.

Vielleicht wurde Trocchi seitdem von MacDiarmid und seinen Parteigängern geschnitten, aber wann war je die Wahrnehmung der Lebensweise eines Schriftstellers relevant für die Rezeption seines Werkes? Edwin Morgan wies bereits darauf hin, daß *Wasserläufe* mit seinem von sich selbst besessenen, wohl Selbsttäuschungen erlegenen, vielleicht auch wahnsinnigen Erzähler literarische Vorbilder hat, die sich bis zu Hoggs *Gerechtfertigtem Sünder** erstrecken. (André Gide bewunderte James Hogg, und Trocchi bewunderte Gide, so setzt sich der gegenseitige Austausch zwischen schottischer und französischer Literatur fort.) Ein Roman der persönlichen, moralischen und erzählerischen Fragmentarisierung, der geprägt ist von einer politischen Grundhaltung des Anti-Establishments und einem scharfsinnigen philosophischen Bewußtsein, könnte als Vorläufer für eine beliebige Anzahl moderner schotti-

* James Hogg, *Vertrauliche Aufzeichnungen und Bekenntnisse eines gerechtfertigten Sünders*, aus dem Englischen übersetzt von Peter Dülberg, Stuttgart: Deutsche Verlags-Anstalt 1951.

scher Romane gelten. Und was das Schreiben über Drogen angeht . . .

Natürlich findet sich Trocchis Name in keiner der maßgeblichen schottischen Literaturgeschichten. Er ist nicht Teil des Kanons. Der Kanon setzt ein Verhältnis von »drinnen« und »draußen« voraus: Trocchi ist insoweit ein Außenseiter, als daß er nicht Teil des Kanons ist. Aber es passiert gerade etwas Interessantes – der Kanon zerfällt und verliert seine Autorität. Alle möglichen Arten von Literatur – Frauenliteratur, Schwulenliteratur und Literatur von Schriftstellern, die kein britisches Standardenglisch schreiben, oder Literatur von erfundenen Schotten – werden als ebenso wichtig und wahrscheinlich lebendiger anerkannt als irgend etwas, das die »schottische Literatur« bislang auszumachen pflegte. Trocchi wurde nicht im Kanon willkommen geheißen, einfach weil der Kanon an Bedeutung verloren hat.

Joe, so sagt er in *Wasserläufe*, hält sich für einen Außenseiter: »ein Fremder, ein Verbannter, auskristallisiert von der Gesellschaft«. Vielleicht ist er ein Außenseiter, weil er eine Anti-Establishment-Haltung hat: Er ist gegen jene Arbeitsethik, die Entfremdung schafft, er ist promiskuitiv und verwirft die gesellschaftlichen Konventionen, die eine freie Sexualität hemmen. Aber seine polemischen Tiraden gegen »die Gesellschaft« klingen oft hysterisch und hohl. Er hat keine Probleme damit, für seinen Unterhalt zu arbeiten, und als er seine Freundin brutal vergewaltigt, übt er seine männliche Macht über sie auf eine Art und Weise aus, die zutiefst konventionell ist. Sexuelle Freizügigkeit ist eine feine Sache, solange der Mann das Sagen hat. Ich bin nicht davon überzeugt, daß Trocchi in jeder Hinsicht Sympathie für seinen Erzähler hegt, denn Joe ist zu ernst, zu neurotisch und bietet zu viel Angriffsfläche für Spott. Die Distanz zwischen dem, was er sagt, und dem, was er tut, ist groß genug, um Raum für das Eindringen ironischer Zwischentöne zu lassen.

Wenn Joe wirklich ein Außenseiter ist, dann nicht wegen der Geschichte, die er erzählt, sondern wegen der Art und Weise, *wie* er sie erzählt. Verstörend und rätselhaft hypnotisiert seine Stimme im eintönigen Takt der subjektiven Einseitigkeit, durch die er alles filtert: »Ich ... ich ... ich.« Sein Ton ist bekennerisch, seine Stimme wirbt verführerisch um das Vertrauen des Lesers, das er genau dann bricht, wenn er ganz am Rande seine Beziehung zu der Leiche im Kanal offenlegt. Verführung und Gewalt: Das ist die passende Metapher für einen Roman, der gesättigt ist mit verbotener und grenzüberschreitender Erotik.

Sagt Joe die Wahrheit? Wir können uns dessen nie sicher sein, und das ist eine der wichtigsten Ebenen der Vieldeutigkeit in einem vollständig zweideutigen Roman, der so glitschig und schwer greifbar ist wie eine aufgedunsene Wasserleiche. Trocchis pornographische Werke wurden und werden sehr bewundert, aber *Wasserläufe* enthält eine verdeckte Erotik und sorgfältig eingesetzte verhüllende Umschreibungen, die eine wohlkalkulierte Ambivalenz beinhalten.

Wasserläufe ist einer jener Romane, die extrem schwer zu fassen und einzuordnen sind. Man gerät schon in arge Bedrängnis, wenn man nur sagen will, worum genau es eigentlich in diesem Buch geht. So einfach die Handlung ist, so schwierig ist es, sie nachzuerzählen. Details werden kaum genannt, und die Erzählweise ist so karg und grobkörnig wie die monochrome Industrielandschaft, die der Handlung ihren Hintergrund gibt – filmische Prosa. *Wasserläufe* ist ein Film, der nur darauf wartet, gedreht zu werden, obwohl nur die Götter wissen, wie im Film das narzistisch-neurotische Chaos von Joes Bewußtsein darzustellen wäre. Es ist ein vielschichtiges Buch, reich an möglichen Bedeutungen, weil so viel ungesagt bleibt (man denke nur daran, wie eigentümlich wortlos das erste Treffen von Joe und Cathie ist!), und weil vieles von dem, was gesagt wird, so umständlich gesagt wird, daß es schwierig ist, nur eine einzige Bedeutung auszumachen.

Wenn jemand den Status quo kritisiert und sich gegen die kulturelle Hegemonie wendet, dann muß er nicht notwendig außen vor stehen. Natürlich ist eine gewisse kritische Distanz vonnöten, aber die Unterteilung von »innen« und »außen« ist zu absolut. Außenseiter können leicht abgetan werden. Trocchi war etwas ganz anderes, und auch *Wasserläufe* ist dies auf ganz hervorragende Weise. Etwas anderes, weil es kaum in Kategorien einzuordnen und mit einer einzigen Deutung zu fassen ist. Und solange man es nicht einordnen kann, ist es potentiell subversiv: Dadurch bleibt *Wasserläufe* ein radikales Buch.

Selbst die Publikationsgeschichte ist schwer durchschaubar. Der erste Entwurf von 1947 hatte noch einen anderen Plot: Joe wird eines brutalen Mordes schuldig gesprochen, den er nicht begangen hat. Trocchi empfand dabei vielleicht einen zu starken Einfluß von Camus' *Der Fremde*, denn er überarbeitete den Roman in Paris in den frühen 50er Jahren, bis es der vorliegenden Version ähnelte. Kein Verlag wollte das Buch, bis sich Maurice Giordias einschaltete. Er bot an, es in der *Olympia Press Atlantic Library* zu veröffentlichen, für die Trocchi bereits pornographische Texte schrieb, allerdings unter einer Bedingung: daß Trocchi das Buch »schmutziger« machte, indem er zahlreiche Sexszenen einfügte. Die Darstellungen variieren darin, wie bereitwillig Trocchi sich darauf einließ, aber er brauchte das Geld und betrachtete als Schriftsteller sein Werk nie als etwas sehr Wertvolles. Die nötigen Szenen wurden mit professioneller Sorgfalt eingefügt. Wie viele andere Bücher von *Olympia* wurde auch dieses Buch das Opfer von Lizenzpiraten: Es wurde viele Male nachgedruckt, ohne daß Trocchi oder seine Rechtsnachfolger irgendwelche Lizenzhonorare erhalten hätten. Die »richtige« Version wurde schließlich in den USA veröffentlicht, nachdem die Sexszenen wieder entfernt worden waren, zusammen mit vier seiner Kurzgeschichten, in einer einfallslos *The Outsider* genannten Sammlung. Diese Version von *Wasserläufe* wurde in Großbritannien das erste Mal von *Heinemann* (1961) und erneut als Taschenbuch (1963) bei *Pan Paperback* herausgegeben.

1966 kam Maurice Giordias mit der *New English Library* in London überein, Teile des *Olympia*-Programms mit dem unverwechselbaren grünen Umschlag neu aufzulegen.

So landete *Wasserläufe* wieder bei *Olympia*, aber dieses Mal in der »sauberen« Version, mit Ausnahme einer Szene: Joes vom Custard inspirierter sexueller Gewaltakt gegen Cathie. Man kann sich förmlich vorstellen, wie Giordias Trocchi drängt, die Szene noch schärfer zu machen, »in Erinnerung an die alten Zeiten«. Diese Version – die dritte – liegt hier vor. Die Original-Fahnenkorrekturen haben überlebt und tragen folgende Notiz von Trocchis Hand:

> Diese Korrektur von meiner Frau und mir ist eine endgültige Verbindung der ursprünglichen *Olympia* Ausgabe (Paris 1954) und der *Heinemann* Ausgabe (NAL Ausgabe 1960) 1961 und stellt für mich die Endfassung des Textes dar.
>
> Alexander Trocchi
>
> London 1966

Diese Ausgabe hat John Calder 1983 wiederaufgelegt. Unglücklicherweise war Trocchi bei seinen Korrekturen nicht sehr sorgfältig, und eine Reihe von Druckfehlern hat sich in den Text eingeschlichen. Sie wurden durch einen Vergleich mit älteren Ausgaben, mit den Original-Entwürfen und

-Korrekturen im Trocchi-Archiv der *Library of Washington University*, Saint Louis, Missouri, korrigiert. Für die Erlaubnis zur Nutzung dieser wertvollen Quellen sei an dieser Stelle noch einmal ausdrücklich gedankt.

John Pringle
Edingburgh 1996